U0559420

我瞻室讀書記

钟锦　著

上海文化出版社

序

予年十六七，得《四库全书总目》，即欲仿其义例写藏书提要。然不甚喜其质直，摹之才数篇，遂废。壮岁谋食四方，匆匆不暇及此。读书偶有会心，略写之日记间，亦日久惮于翻检矣。

四十无闻，乃甘为书淫，以遣闲日。每读一书竟，辄题数行，他人言者不欲言，自言者往往若呓语，不顾也。曙辉兄方拟印东瀛装之小册，喜其别致，遂董理之以成一卷，托为刊行。去其论时贤者，为时贤之不喜闻过也。

略依四部排列，现代以来者次之，异域者又次之。每篇缀其题识时日，则起甲午迄庚子。曙辉兄命之曰"读书记"云。

庚子八月十八日　我瞻室

诗 经

《诗》简古处，最易惑人，以为语既迈俗，必极诗之工也。不知《风》实近俚，劣者不乏，虽佳者亦多不及后代，殊不足称焉。惟《雅》之极，美则美，刺则刺，无一虚饰处其间。盖心与理会，出之坦然，不必琐琐更求寄托，格调自高，汉儒以降，蔑有闻焉。《风》安得有此境？今人等视《风》《雅》，不知《风》实不足匹《雅》也。

己亥正月初五

诗集传　　　　　　　　宋　朱　熹　撰
四家诗恉会归　　　　　王礼卿　撰

经学，凡不足明理、考史、谈艺，胥存之以充无益之事者也。诗之四家说，不能定其孔门之正传，虽荀卿之传犹可疑焉。而其说之荒谬，三尺童子知之矣。何所贵乎？如贵其训诂，训诂之可矣，奚必经之？古人固未尝贵之也。所以至唐而毛诗仅存，而其存徒为科第之业，不为圣贤之学也。朱子略有所窥，未能尽发之。至清人以汉学自负，遂终于惑。王氏书用力甚勤，四家说皆原原本本，而于歧异处必言本义、引申义以弥缝之。无益之事而成颛门之学，斯即经学之进欤？

己亥正月初五

春秋经传集解 晋 杜 预 撰

左氏文发光采于简古，出韵味于法度，虽经传之异裁，实文章家之正轨也。《论语》雍容，《孟子》精悍，《太史公书》饶才气，皆学所不办。文必秦汉，《左传》《汉书》其庶乎! 然孟坚已多饰辞矣。惟《国语》意犹正，左氏近谲，世变之渐，益叹夫子其功弘远也。余年二十，勉力通读左氏全文一过，时不知古文义法。及有知，亦但就为诸生讲授诸文涵咏之耳。近始再读，忽忽又廿年，方寻其义法，竟渺焉不可得。噫，学无学，其学欤?

己亥九月初三

左氏文极整饬，太史公以前无有也，虽不能信为刘歆时伪作，或恐为时人所改定。太史公书不能学，孟坚书不易学，左氏之整饬则最宜学。学之或不得其深隽，犹不失庶几乎简古，所谓刻鹄不成尚类鹜也。独怪元凯长于左氏，而文几不能通，滞涩费解，时时有焉，亦不善学矣。

癸卯十二月廿六

大学章句·中庸章句　　宋 朱熹 撰

郑玄擅数代之名，而所注《学》《庸》二篇，多惑人意。孔疏随文敷衍，时有破注处，而精义蔑闻焉。汉唐大儒，不过尔尔，韩子道统之论，岂虚言哉？所以朱子章句出，遂夺其席，非偶然也。神接千古，道流一脉，其中冥冥者，每待时运之会。故章句独造处，谓之进则可，谓之逆则不可也。而牝牡骊黄之外，郑、孔何尝梦见耶？释义偶有所滞，往往袭郑氏耳。至乎义有可议者，惜无操明道、陆王之学者重作定本也。则道问学一途，朱子实无能过，清儒识小，蔑足言矣。

丁酉五月初一

论　语

圣人言，贵乎会心，不以行迹求之可也。故象山言："《论语》中多有无头柄底说话，非学有本领未易读也。学苟知本，六经皆我注脚。"不知本者，以行迹约束之则不至于放，知本者，以行迹约束之则和同于俗。不必两败，亦无能俱胜，此乾嘉之时义也。以之为不可易，宋儒掩口矣。而况行迹之间，耳目多所阙焉，放者为之每类说梦耶？

戊戌七月初六

论语集注

宋 朱 熹 撰

《论语》体圣贤之气象，《孟子》识心性之本体，此虽言其大较，读法必准乎是。盖《论语》意不在乎论辩，片言只语，以见风神，故解之者各执是非，无能相胜。《孟子》则义有专断，好辩而核，得之为合，失之即歧，无容复疑。故必先读《孟子》，既识本体，再体气象，始不至蹈虚。象山云："夫子以仁发明斯道，其言浑无罅缝。孟子十字打开，更无隐遁。"此言识夫子必由孟子入也，与此读法合。晦翁疑不知此，强为下注，已失头脑。复杂集诸儒论说，更失别裁。此注众口称道，不能服某之心也。

己亥十月初一

孟 子

注书者曰"审句例"，然孟子十字打开之际，岂从句例间可以求之耶？尝试言之。康德云："若使德之名自闻见出，以欠然之述例为真知之范型，如是行之者实非罕觏，则德之为物也，必随时而与境迁，亦无矩矱可寻，徒成莫名之诡物耳。"此理孟子知之，其言则曰："男女授受不亲，礼也；嫂溺援之以手者，权也。"苏格拉底亦悟此理，故疑德不可学，然吾将背德，若有灵焉，从而阻之。斯意盖置德于超越之域也。而孟子曰："人之所不学而能者，其良能也；所不虑而知者，其良知也。"亦言德之超越耳。不知审句例之徒，将何解焉？

戊戌九月初四

孟子集注 　　　　　　宋　朱　熹　撰

孟子学自言权入，反乎良知，归乎性善，然后求之在我者、求之不在我者判然矣。而不废生之欲，惟生与义不可得兼，取舍有先后耳。朱子言格物致知，已不能反求，乃视天理、人欲如雠对，益不近理焉。故言儒学，孟子、朱子非进路之异，正谬之别也。徒见言辞若相近，遂以为义理亦相近，则不知本耳。盗之有道，不同而同，朱之注孟，同而不同，虽然，盗之道尤近焉。故读集注，多见其敷衍本文，不则别为发挥，求其一理之当，无有也。名而乱实，《孟子集注》犹是焉，安问其余哉？

己亥十二月廿七

史　记 　　　　　　汉　司马迁　撰

太史公书，《春秋》之变例也，其变有不得已者。封建之变为郡县也，侯王失其统纪，皆为帝之附庸。故史公统以本纪，辅以世家，而张以表、书、列传焉。排比整齐之功，遂尚乎编年系月之体矣。礼乐之变为刑名也，谊失其正，愤乃以发，失微言，抒衷情，一若经而为骚矣。后来为正史者，袭其体，又变其实，非经亦非骚。非经，而以附经；非骚，而乃诋骚，班孟坚已诮屈子，而后世兴班马异同之辩矣。是太史公书与廿三史相伍，政自可哀欤？

庚子四月廿七

汉　书

汉　班　固　撰

予素恶班氏议论，以为出汉武后者，世久成偷，谄习为义，班氏沦而不觉，无复太史公荦确之姿矣。故其写杨恽放荡，陈咸不孝，少年时最喜文字也，视《苏武传》蔑如焉。而今老大，阅历稍深，读班氏书尤见信史之为酷，而叹太史公不免蹈虚也。盖所谓荦确，必得豁达大度者容之，不则徒为石显、董贤辈之意气耳，士尚何姿之能有？若孔光者，逢迎之得善终已为不易，安在其智可及、愚不可及耶？读《汉书》至终卷，欲恶莽也何心，欲美莽也何心？又乌能责班氏之议论耶？悲夫！

庚子五月初七

后汉书

宋　范　晔　撰
南朝　司马彪　撰

《史》《汉》《国志》，撰述者接乎当时，或有激焉，或有讳焉，皆未若蔚宗悬隔既远，能得平心也。惟心之平，转不得鸣矣。文固乏委曲，即言实，亦因悬远而莫发其微，似乏深察焉。然后来正史，佳者不过如此，蔚宗其为典型欤？其文也，自不为劣，徒不得其处境，虽有郁结，仍以雅洁出之，而居然有合焉。其结构也，实较《史》《汉》见经营之匠心，虽仅具纪传，布置区划殊无率处，马、班不足企也。正史之体，谓至蔚宗始有规矩，斯可矣。

庚子九月廿五

三国志

晋　陈寿　撰
南朝　裴松之　撰

寿文甚简，故松之注转相引据者反多，然读寿文不觉局促，读松之注并有局促、饾饤之憾，惟寿之善叙事也。马之使气，班之矜辞，皆非正史之宜，故陈、范文体，实立正史之基。而范未免乎习气，不若陈之近古也。史体则自马至范，逾加密焉，尤见之传记分合。范史伦序最整，班、陈际其间，陈、范虽阙志、表，犹未足减其色也。寿当忌讳之时，自须隐曲，非若欧阳公故学春秋，而其微言深旨反若不可及者。

辛丑正月初二

新五代史

宋　欧阳修　撰

徐无党　注

皆言欧阳公修此史，义例谨严，文章高简，惟事实不甚经意。《春秋》义例，亦犹礼也，当随时损益之，千年下守之谨严，恐贻株守之讥，何有乎誉？欧阳公文字纤徐，唱叹有致，然用之作史，转不见其长。马迁固不可企，虽视班、陈、范辈，亦瞠乎其下，仅得与六朝、唐人争长耳。或称其论赞，而实多迂腐常言，殊不见精警。读是史，知欧九不学矣。少年震其名，专置一部，亦在可读可不读间耳。

壬寅七月十四

国　语

三国吴　韦　昭　解

《国语》义甚醇，尤正德报之应，见周人尚文之盛也。虽伯道近谄，尚未全悖王道之正，治隆之流泽远矣。战国以降，谄而以为正，见其利，不见其泽焉。利斩义灭，上下胥相为诈，谨厚者无能恃，至于今日犹是也。所以益思《国语》不置。

己亥四月初二

战国策

汉　高　诱　注

周礼之坏，夫子救之以仁，孟子开之以性善，流化千载，而不能济一时，所谓"迂远而阔于事情"也。应时而起者，首惟战国之策士，后则荀、韩也。策士不计长久，用济一时，尚私智，废公义，书中所载，所以多反复者。希腊智术之师，于此同一伎俩耳。然反复多必无济事，日久而见用济一时者，亦耻也，遂崇侠士，为其无反复耳。故是书言侠士，率虎虎有生气，岂偶然哉？韩非稍计其久，故尚法，而法亦非公义，独夫之柄，所谓强者之利也。尤与公义为雠，韩非所以言"儒以文乱法，侠以武犯禁"。一旦独夫操柄，为之驱除儒侠者，亦胥得冒以乱犯之名，韩非、李斯知说之难而所以不免也。汉人知此，故推荀，然孰能必荀之礼必较韩之法为近公义耶？

庚子正月初三

汲冢周书

晋　孔　晁　注

书或曰"逸"，或题"汲冢"，皆疑不能明也。今世所出竹书，此类亦多，亦皆疑不能明也。古今一揆，固不足异。正文并孔注，俱难训释，遂滋舛误，往往不能卒读。元本出宋刻，字画拙朴，而校刊未精，转不若习用之嘉靖本。诸家之说，皆相抵牾，无可折衷。予惟重其与孔、老相发明处。盖周家纲纪，实赖孔、老为之玄解，潜入人心。而文献不足，其中委曲历久弥失，后人无所征求。所遗此书，并新出竹书，倘有能甄别者，用之而求，则孔、老初衷，尚得窥之欤？

己亥二月廿三

吴越春秋　　汉 赵 晔 撰

吴越故事，《左传》《国语》《史记》叙之皆备，此书复从旁渲染之，竟不晓为春秋家耶？小说家耶？文辞若近古，然非庄语者，虽云丰蔚，实多眩惑。特以确出汉世，稍见整饬，久在史部之中，居然名著矣。

己亥十一月初一

越绝书

其书体例较《吴越春秋》尤芜杂，轶闻琐记，无不阑入。盖吴越挺出蛮荒，中原异视之，遂多造诡谲文字。若后世演义赵匡胤征南唐故事，区区一李煜耳，居然幻出无数神奇，可知矣。提要称其文"博丽奥衍"，殆非文若是，而思若是耶？

己亥十一月初一

资治通鉴

宋　司马光　等　撰
元　胡三省　　　注

温公进书表言迁、固以来，文字繁多，故删削冗长，举撮机要，盖谦辞也。正史体例，纪以为经，传以为纬，然纪极简，似《春秋经》，传翻似《左氏传》，又不系年而系之人，参伍错综为难也。故读正史，参伍错综之功，殊不易易。温公又不止此也，正史之外，杂史至二百二十二种，岂仅删削冗长、举撮机要而已哉？岂云编年之体昉自前代，温公实已自树一帜，于史学利亦溥矣。予先读《通鉴》，再读正史，颇得其便焉。虽然，仍苦其繁，读两过，不能记忆，固非读书种子也。

壬寅五月初三

通鉴纪事本末　　　　宋　袁枢　撰

《四库提要》云："纪传之法，或一事而复见数篇，宾主莫辨；编年之法，或一事而隔越数卷，首尾难稽。"此特见纪事本末之便耳。其实诸法并有所便，亦并有所不便。纪事本末便在事，不便在时与人。然相较而言，事便则史易读矣。至若事太繁芜，如唐藩镇之乱，读之亦不易也。大抵三法循环用之，或于史学较易得门径焉。流观一过，不能作船山之论，求一言以概之，曰太平无事。

癸卯十二月廿七

绎 史　　　　　　　清 马 骕 撰

予少年即闻是书名，先有影四库全书本，后有王利器本，而十年前读之，至今日不能卒卷。昔年读史好求全求备，转因难而废。十余岁读《史记》，贫无书，手录数卷而止。后得书，已二十，求其甚解，愈不能解，视同畏途，弃去二十年不读。至今日始观其大略，欣欣然喜，乐之不倦，不觉过其泰半。遂检出此书，欲稍事比对，而仍苦浩瀚，流观一过，束之，人生驹过隙耳，疑再读无日矣。噫，无史学之才也如是。

庚子二月十九

史 通　　　　　　　唐 刘知几 撰

子玄其书，良莠兼萃，每致论者龃龉。《四库提要》云："其贯穿今古，洞悉利病，实非后人之所及。而性本过刚，词复有激，诋诃太甚，或悍然不顾其安。"可谓持平之论，非调和之言也。然亦不得尽委之于性。盖子玄性深乎思力，辞极于名辩，严史学之法，绳史家之作，是得之在我者。而法本假立，事难相应，意若齐平，论已参差，是失之不在我者。观于太史公者可见矣。若申子玄之法，固不当以修史为发愤；若抑史公之气，将何异闭珠玉于椟匣？所谓此事古难全也。

甲午二月廿九

读通鉴论　　　　　　明　王夫之　撰

船山学未必醇，然思力绝精，气魄绝大，故其长在是，其短亦在是。其论史也，见理透，运思深，多能自出手眼，屈人于惊奇之下。然过骛惊奇，往往幽眇荒唐，甚至争胜逞气，虽极英发，不免英雄欺人矣。廿年前读之，已有所憾，慑于其思力气魄，不敢质疑。近数年间，发愤详读，并取《通鉴》逐条参比，标其所论史事于论下。约略计之，精绝者与荒唐者，庶乎相近也。

壬寅五月初三

文史通义　　　　　　清　章学诚　撰

实斋为经学，为史学，为文章，为校雠，其旨要不出乎一言，所谓"官守学业皆出于一"也。故其执论征实不虚，虽言易学亦不失自家体段，而罔顾其玄渺超绝，此其所长也。然于天道人性形上之理终隔一层，乃成史学之格局耳。"六经皆史"，岂泛泛言哉！于是乾嘉小学之经学，转为实斋史学之经学。尔雅虫鱼之卑，忽遇此史学之格局，遂渐为所倾，而实斋成一时之名矣。当时堪与抗手者，惟一不能玄思之戴东原，亦可谓时无英雄耳。暨乎黄冈熊氏出，始能言"有清二百余年之学术，不过拘束于偏枯之考据，于六经之全体大用，毫无所窥。其量既狭隘，其识不宏通"。而经学得复乎宋明儒之传。然后知实斋之经学为不足道也。

甲午五月十六

老子注

三国 王 弼 撰

周文之弊也，老子攻其虚，夫子救其实，貌若雠对，理固相成也。自朱子讳言佛老，相成之理裂，儒学乃大坏。不见汉儒之穷，承之者适玄学欤？辅嗣少年之才，当时心会，昭然有见，其注遂千古不易。吾知其轻汉儒之伪，必解老子攻周文之虚，亦必见朱子之学非儒学之实也。老子之学托上古之治以言玄理，辅嗣根玄理以应其言治道，宾主之际，洽焉而离，别焉而合，所以无间然矣。

己亥十二月廿八

老子本义

清 魏 源 撰

默深论解老者，庄列离用以为体，体非其体，申韩离体以为用，用非其用，有见矣，而不知其极。盖老之体显诸用，庄列寓焉而不著，申韩利焉而终违。必全体用，悬体为用之的焉，此《易传》之功，周程之传也。默深不知求此，见蔽焉，将遁而之西汉之学乎？知王伯杂用之非，不知其非已肇端文景矣。故申韩与文景，异而同者，异则治人之法，同则不欲治于人也。而《易传》周程，将以理治天地，遑论于人？默深昧体之虚灵，终归乎离体以为用，用非其用，惜哉！

己亥十二月廿八

庄 子

晋 郭 象 注

庄子辞采恣肆，神致风华，若溢出老子外，而实不离彀中也。齐物之论虽辩，不过斯美斯恶、斯善斯不善之衍，逍遥之旨虽达，不过无为之变相，何惑乎辞之肆神之华耶？至于主养生，遂令老子居下之德，成杨朱利己之端，吾政不知罪之可？恕之可？惟辩破仁义，反复致意，极于圆熟，老子不能过也。后来董氏之儒、朱氏之儒，其弊先揭于此，而朱氏强掩，遂诋陆、王为佛、老，恐亦为庄子之针砭也。不学者见古人弃简，遽云老子但言"绝智弃辩"，不言"绝圣弃智"，虽诚如是，而绝圣之义尤美，吾求义之美耳，孰弊弊焉以陈言为事耶？能发此义者，必庄子一流人物也。后六百年而有子玄，其注也，指绝智而言绝圣，昂昂然不顾俗子之骇，其所以得庄子之精欤？

庚子三月十六

荀 子

唐 杨 倞 注

荀卿言礼，而不知逆觉，遂诋孟子，诋孟子，即非儒矣。昌黎云"大醇而小疵"，固知昌黎不得其统也。夫言礼，不知反身逆觉，必成虚文，文之虚，质在诸侯之门矣。虽荀卿未敢显背良知，先失进退，君逸民劳之乖说，政不必发之李斯、韩非也。方李斯去荀卿而之秦，得毋窃笑其拙耶？韩非则直视良知为虚，质之实于是在帝王之门，而汉儒坦然以帝意为法之正矣。汉儒之学，皆出荀卿，宣帝"王霸杂用"特饰说耳，实皆质在韩非，而文以荀卿也。将谓荀卿为儒耶？不图韩非乃与老子同传尔。

庚子闰四月十二

传习录

明　王守仁　撰

孟子学从权悟入、次及良知、本心、性善，终乎仁政，而外命。阳明直入良知，乃辨格物，一知行，结以四句之教。是诚孟子学也，而孟子详言我则易之，易言我则详之，不然，有孟子，何有于我？孟子之学，道德之超越分解也。自宋儒以《中庸》《易传》发挥形上学，儒学不尽言心性矣。象山之粗，殆视此蔑如耶？阳明于此，最称独树，上与明道揖让，伊川不足数也。

己亥二月廿三

韩非子

宋　谢希深　注

韩非理若简，较孙卿易解，实有进焉。盖孙卿既昧孟子内反之理，求诸外，而不能尽失于内，遂为相迫。其学不纯，故其议驳，惟其驳也，殊不易解矣。韩非尽失于内，故免乎驳，反易解也。然失超越者，还为人薄。譬色拉叙玛霍斯之言"义惟强者之利"，亦诚洞见，然为苏格拉底所薄也。韩非亦好言老，丧其玄，遂为计较之黠，施之于术，并丧其法。法术不相能，即康德云"恶惟其败"之征也。是韩非之治，与策士之乱，乌能异？秦之不足长其祚，自韩非已见其端矣。

庚子六月廿九

穆天子传

晋 郭璞 注

此晋人所见竹书，旧在史部，《四库提要》移置子部，是未特重之也。其书传与不传，亦不足变学术。盖笔质义乏，与于著作已难矣。其不传也宜，其传也幸，幸而掩宜，斯为佞古。今逸简屡见，不必皆胜此书，居然显学，其佞古之过欤？文失训读，事难征信，后人悬测之，不敢与知也。地不爱宝，固然，孰谓地出尽宝哉！

己亥九月十三

世说新语

南朝 刘义庆 撰
梁刘孝 标注

小杜诗云："大抵南朝皆旷达，可怜东晋最风流。"便以为专为是书发，亦无不可也。汉儒误世，激而成旷达，流风数百载，天下之不幸，赏鉴之幸也。唐修《晋书》，竟染其风，其故固不难知。一行作文人，入其彀中，更不必道清谈误国矣。是书例入小说家，虽风致可赏，文非易读也。其故三，一名号繁如《左氏》，一方言多，一语境时不能会，竟置之耳。

己亥十二月廿二

楚辞章句 汉 王 逸 撰

《楚辞》传本以是书为祖，然已变乱旧观矣。屈子《离骚》，诚瑰伟之作，而反复申说，不能有二之作也。故虽《九章》《九辩》，已觉聒耳，《惜誓》以下，徒成架屋。《天问》奇拙，别饶姿态，亦不容再作。《九歌》要眇，动心矣，而未荡志。流为《招魂》《大招》，荡志矣，而无邪。宋玉精采，全从此出。《卜居》《渔父》，疏宕之致，宋人散赋，实远绍之。惟王逸章句，汉人说《诗》之流也。训诂每疏，附会益甚。

戊戌十一月初三

陶渊明集 晋 陶渊明 撰

善夫东坡之论渊明也，"欲仕则仕，不以求之为嫌；欲隐则隐，不以去之为高。饥则扣门而乞食；饱则鸡黍以迎客。古今贤之，贵其真也。"惟渊明之真，具见其性情之坦白，俯仰无不可告人者，故写之诗中，不复假辞藻之助，自然动人。此余所谓文格因人格而自高也。文既为其次，故其为人所赏也难，虽渊明千古不见第二，犹如是也。目之隐逸诗人，即浅视渊明矣。渊明之隐逸，实有不得已者在。其中百端纠葛，总可以"贫富常交战，道胜无戚颜"一句概之，不会此境，安知渊明之诗？其外示真率，中实丰衍也。

甲午十月廿四

鲍参军集

南朝　鲍　照　撰

鲍参军诗，《南齐书》所谓"发唱惊挺，操调险急"，盖赋性之卓，非人工之至也。其逸气流溢，一若五言中束缚不住者，如太白之于七言律、东坡之于曲子词也。然险急之音，徒为偏至，故有"红紫郑卫"之憾。夫性情摇荡，不失为正，一至于眩，乃视作邪。鲍诗不免于眩，然才太盛，能救其过。后来轻薄子，才已不及，专事险急，可笑矣。

己亥十一月三十

庚子山集

南朝　庚　信　撰

天之生才也难，而每多偏至，虽才之偏至，其诣有至于绝后空前者。魏晋以来，魏武偏至在气之充，阮公偏至在言之微，康乐偏至在刻画之委曲，明远偏至在操调之险急，而渊明不论才，亦不见其偏至也。惟子山之才，偏至在典实之组织，碑版铺叙，固假借以生色，赋情宛转，亦附丽以增哀。盖骈俪之体，使不类为类，所以利典实之组织也，故必以子山称独绝。集六朝之大成，为四六之宗匠，偏至之诣而至于绝后空前者也。然其诗，徒得偶对之工丽繁密，而疏朗之气不行，殆才未至之偏者。自江西诗兴，其理与子山之才潜通，言诗者遂无能小视之矣。

庚子十月初三

李太白文集　　　　唐　李　白　撰

太白诗迥然高绝，而往往工拙之相俱泯，最不易测。时若口不择言，无识者见其粗率矣，竟诋为伪作，明人诗评有如是者，不知其妙转在此。如"古来圣贤皆寂寞"一句，习之也久，忽见唐人写本、《文苑英华》作"古来圣贤皆死尽"，便以为粗率。予颇疑"寂寞"二字，后人不悟，僭改之也。"死尽"亦有出处，而太白用之若不择言，盖为破文字计，知诗之妙有出文字外者。或太白既穷前人之妙，更欲压倒之，遂为此变欤？今其诗有用一事，遂数句萦绕不绝者，正破前人之法也。故读太白诗，常疑似不学者，及读其赋与文，见其学殊非浅，特不用之诗耳。其诗，纵其天才为变，惟是少陵不敢学，东坡学之矣，成狗者正复不少。噫，太白焉得测？

庚子三月初七

杜工部集

唐 杜 甫 撰
宋 王 洙 编

诗至李、杜，已出变化，规模步趋者勿谓"诗必盛唐"也。然李之气盛，其变化也，破坏文字，知诗之质有出文字外者。杜之力大，其变化也，矫其质，而以文字范铸之。故他人之入诗者，与诗之质宜，我故以不宜者入之，而必使之宜。其宜也，质则充实而有光辉，文字则见范铸之力。充实而有光辉之谓大，文字范铸之力谁谓非大欤？杜之力大，所以胜李之气盛者，气流转不可规模，力则可强勉而步趋，故若有法焉。然法而强执，仅得一偏耳。元、白得其易，韩、孟得其奇，宛陵得其拙，山谷得其范铸。虽然，衍其一绪，皆足名家，转征杜之大也。

庚子九月十八

昌黎先生集

唐 韩 愈 撰

韩公之文，未足与战国诸子较也，亦未足与马、班、陈、范之史较也。何者？言之无物也。虽宋儒推其道统之说，然恐在韩公，亦未必遽见道之所在也。其《原道》《原性》诸文，义皆浅陋不足道。而文起八代之衰，又非虚言也。试持其《原道》《原性》诸文读，理不足以餍，心固足以动。盖古文之姿态，至韩公尽其致矣。六朝文字，擅绮丽之名，然韩公无一字不飞动，彼绮丽适形滞涩耳。作文一语，殆因韩公发轫？其起衰也，起作文之衰，非起秦汉作者之衰也。或曰：非文之衰先起，道乃继之起耶？曰：否否，程子固言"作文害道"也。四字中消息可参。

辛丑正月初五

山谷偷学韩子诗，人或知其然，而罕知其所以然。盖其法同，法之所用不同也。其法曰"犯"，以彼乱此之谓也，其乱也，先见整，然后奇生焉。故韩子、山谷之诗皆奇。然韩子以文犯诗，以诡怪犯绮靡，以运文字之才错综之，山谷以古人辞犯我之意，以滑稽之才变化之，此法之所用不同也，而锋颖之利涩、气度之宏促不与焉。无论俗子不知此，骤以语韩子、山谷，尚恐二公之瞠目也。

辛丑正月十二

河东先生集　　　　　唐　柳宗元　撰

柳州文备众体，骈散颂赞，皆随其体行之，未尝刻意。昌黎则先立一"必己出"之念，处处拗常法，以是为古文，其实所拗不止骈体，虽散体亦不免焉。惟易见其拗，效之亦易得其形似，遂以为古文之法在是，乃视柳州蔑如焉。桐城中多轻柳州者以此。柳州文平易，似若无所取法，而规矩不缅，规模尤较昌黎宏远。

使无昌黎之才，循昌黎之法，则桐城谬种耳。虽无柳州才，得其法，犹不失其正。噫，才者不论法，而谁必人皆才耶？虽昌黎之才蔑以加，吾所欲守者，柳州之法也。

柳州诗文，皆得骚之遗，盖性所近，沈归愚谓长于哀怨是也。其诗古体在陶谢之间，近体戛戛独造，然终以骚意胜。骚本瑰奇，而柳州泯之古近体辞句中，若简焉，其实秾丽，东坡所以言"发纤秾于简古"也。复言"寄至味于澹泊"，则坡公强之耳。阮亭专求澹泊，故谓在韦苏州下，可解也。虽然，陶公之澹泊实与苏州异，尤非阮亭所识，其茂也近秾，坡公谓柳州"在陶渊明下韦苏州上"之语，终不可易。

辛丑四月廿二

欧阳文忠公集　　　宋　欧阳修　撰

欧阳子刻意学韩文公，虽得其法，性既殊，体亦殊。其文纡徐有余韵，开宋人之文境。至其诗，往往乖舛。盖用韩之法，其态必雄杰，欧阳子则和婉，其势必拗折，欧阳子则疏宕，失其谐矣。转不若山谷，纳其法于倔强，出其奇于学问，遂立宋诗之规模。然时能侧出旁逸，若其文之余波，沿陡岩峭石，宛转而下，不碍其畅达，斯欧阳子独有之诗境也。或潜发于性，因势而成者，竟不觉之，宜其谈诗之陋尔。

辛丑三月十四

欧阳子刻意学韩文公，虽得其法，性既殊，体亦殊。其文纤徐有余韵，开宋人之文境。至其诗，往往乖舛。盖用韩之法，其态必雄杰，欧阳子则和婉，其势必拗折，欧阳子则疏宕，失其谐矣。转不若山谷，纳其法于倔强，出其奇于学问，遂立宋诗之规模。然时能侧出旁逸，若其文之余波，沿陡岩峭石，宛转而下，不碍其畅达，斯欧阳子独有之诗境也。或潜发于性，因势而成者，竟不觉之，宜其谈诗之陋尔。

辛丑三月十四

永叔文与韩、柳皆不似，融斋以与子瞻并，谓之宋人之为宋人文，固有见焉。永叔自刻意学韩者，形似者亦非无有，终以性之远，其名作皆非韩之体。又轻柳，时见诸文字间，法韩者斥柳，亦首永叔，而终乎桐城也。而永叔文之体，实近柳，盖性习于常，不似韩之拗常也。又娴骈体，不免时时行诸古文间，柳亦然，而柳不以矫，永叔则于其末参差之以矫，几成框格。永叔文甚韵，柳文亦以韵胜，然柳之韵内蕴，以纾其哀怨也，永叔之韵外发，以长其辞气也。较之韩柳，才韵较薄而痕迹稍显焉。故唐以后，古文虽为永叔始倡，其靡也，亦自永叔始。

辛丑四月廿二

东坡七集

宋 苏 轼 撰

东坡文，如其书，佳处不在工巧，而在风神。故信笔之际，胸襟坦然，疑若仙人矣。小品所以尤佳也。一旦危坐执笔，适值识见平庸，即同嚼蜡耳。其政论尚佳，言理多不当，叙事更不得法，居然不掩其佳，殆天而非人力欤？融斋言其宋人之为宋人文，盖古人未尝有此体也。惟其易，学之者遂多，然未必尽得风神所在。杨宝森之腔易学，规模者其韵转微，毋乃相类？虽然，宝森非谭、余匹，东坡亦非韩、欧匹也。

辛丑正月初五

唐人诗多传在人口者，虽非尽美，不害人人赏之。求之东坡集中，无多也。或曰：东坡每事俱不十分用力，非此之故也。盖东坡才大，虽不十分用力，已过他人十倍。"雨中有泪亦凄怆，月下无人更清淑"，与"夜来风雨声，花落知多少"，孰用力哉？然孟襄阳句常在人口。东坡谓"孟浩然韵高而才短"，坡诗之不及孟诗，惟才之长耳。才长至于掩韵，惟矜之过，至山谷而极。后人步趋之，诗遂不传于万口而为颛门之学。虽诋宋人诗者，已潜师之矣。故才之矜，岂东坡性使之然？亦势之不得不然欤？

庚子十月廿四

施顾注苏轼诗集

宋　苏　轼　撰
施元之
顾　禧
施　宿　注

东坡嘉祐六年前诗，格调未成，故其集以是年为断，有以也。凤翔诸作，锻炼其才，已出面目。倅杭以来，嬉笑怒骂，则公然不屑屑步趋古人矣。及谪黄州，感激豪宕，然尚未能除才气使尽。入作翰林学士，时有俗响，盖放纵之过也。殆远涉岭海，性笔两泯，从容一意，自成波澜，真正坡公体也。七律一体，坡公向非擅场，勉强凑足，每见颠踬，亦至此时始合耳。虽每变未必尽胜，要自奇景联翩，层出不穷，古今不见此等伟力焉。

癸卯三月廿六

辛稼轩诗文钞存

宋　辛弃疾　撰
邓广铭　辑

稼轩长短句，格高千古，诗殊不称。后村强誉之语，不足凭也。而文章恣肆，若不求工，反远出求工者上。盖洞察形势，通达机变，触事而议论，自饶纵横开阖之态。朱子但言其"谙晓兵事"，尚浅视稼轩也。尤可怪者，稼轩诗存百余篇，而屡屡言慕康节。有曰："饭饱且寻三益友，渊明康节乐天诗。"侪康节于渊明、乐天侧，几疑稼轩于诗殊无见识也。是稼轩诗劣，将赋禀之不合耶？抑习染之既差耶？不可知矣。

戊戌三月十六

姜白石诗集 宋 姜 夔 撰

白石之为诗与词，其法一也，其《诗说》言之详矣。顾在词中则为宗匠，在诗中仅名家耳。其诗法，衍山谷之一绪，而以旷怀澄观出之，在南宗与江西之间。虽雅且韵，终隶人下，复非正脉，理固然也。其为词，吞吐晏欧柳周，一以诗法裁制之，体既清空，径又易循，后来翕然宗之，亦缘之相合也。诗遂为词名所掩，而终不失高迥，故乍读颇出意外。

戊戌五月廿八

天游阁集
东海渔歌 清 顾 春 撰

予读太清诗，固出一循矩闺秀也。诗皆日常情事，从夫，课子，盼孙，旁及戚友，余非女红庖厨则拥书题画耳。问其佳处，则况蕙风言其词已云："此等词，无人能知，无人能爱。夫以绝代佳人，而能填无人能爱之词，是亦奇矣。"《国朝词综》未有之，亦峰《词则》亦未有之，或因是欤？而太清以侧福晋之贵，乃与容若齐称乎旗籍间，不可谓无名也。不然，诟詈云伯，谣传定庵，孰至于是耶！嗟夫，人不论才不才，稍得名，谤即至，而妇人尤甚焉。以无人能知无人能爱之词尚不能免，深为太清悲之。

己亥十二月十二

文 选

南朝 梁萧统 撰

唐 李 善

吕延济

刘 良

张 铣

吕 向

李周翰 注

东坡讥萧统"拙于文陋于识"，拙于文，谈艺之各执一端耳；陋于识，则诚有以也。盖其选文，虽古之名作未尝多遗，时之虚饰亦未尝多削，相较而形其陋矣。其陋，或非识也，而势也。处其势位，安在其能免虚饰耶？故齐梁之靡也，而语常夸诞，特文辞掩饰之工使人忘之耳。于是文而潜擅利之质，趋进者汲汲焉，遂致盛行。行之既久，世习其文辞，用为通行之典实，虽豪杰无以易之矣。故少陵一曰"恐与齐梁作后尘"，一曰"熟精文选理"，究其实，亦无如世为利之质所驱何也，宁不哀欤？

刘大櫆曰："人谓'经对经，子对子'者，诗赋偶俪八比之时文耳。若散体古文，则《六经》皆陈言也。"《文选》之行，当诗赋偶俪之时也，皆用陈言为字面。必欲溯其出处，李善注所以应时而擅名矣。一旦专此，遂有"释事忘意"之憾，五臣注所以矫之也。讹错之处，皆不能免，五臣在善后，亦不至甚不堪也。而世多是善而非五臣，予太老师苦水先生又过是五臣而非善，皆非其平。故合刊者久行焉。曰"六臣注"，善注在前，从著述之时也。曰"六家注"，五臣注在前，便阅览之序也。其文既熟，五臣注可废，善注必不可废，所以今日大行欤？

己亥二月十三

文选资料汇编·总论卷

江庆柏
刘志伟 编

少陵曰："恐与齐梁作后尘。"又曰："熟精《文选》理。"若相反者。然言齐梁，其格也；言《文选》，其遣字也。盖《文选》流行一代，遣字者多取资焉，遂为天下公器。我亦取资焉，不自外于天下也。李善识此理，故其注也如此，而天下翕然崇之也如此。取资乎此，所造未必即此，山谷言之详矣。所谓"古之能为文章者，真能陶冶万物，虽取古人之陈言入于翰墨，如灵丹一粒，点铁成金也"。故少陵"熟精《文选》理"，其理山谷最善言之也。至于"恐与齐梁作后尘"，人皆知之。判别其格与其遣字，始可与言《文选》

之学，始可读前人之所论。

戊戌三月廿一

文选资料汇编·赋类卷 　　　　　刘志伟 编

赋体之正，气甚弘而格实卑，盖志内而谀、辞外而张皇也。虽长卿气体之高妙，已失其心，孟坚、平子议论之中正，尚乖其实，其体使然也。徒以摹物绘情，周详曲折，遂目为不可及，节取之可也，奚必规规然效之？宋玉、子建、安仁、文通之作，惊心折骨，亦窃取诗骚之义耳，而格愈卑。故非特异挺出之才士，不作可也。予最喜者，贾生之赋鹏鸟，得庄生浮游之旨而加感慨，理胜也。子山之哀江南，不及入选，而发唱叹于叙写，自成格调，才胜也。拔奇于卑，虽一二遇，差足餍心矣。

戊戌七月初六

六朝文絜笺注 　　　　　清　许梿评　选
　　　　　　　　　　　　　　　黎经诰　笺注

六朝文久被绮靡之名，盖矫枉之过正也。许氏曰："恍然于三唐奥窔，未有不胎息六朝者，由此上溯汉魏，裕如尔。"此言亦太泛。

唐之古文，非不求声调，昌黎、永叔尤斥斥于此，其异六朝也，实刻意避之者，而胸中早胎息矣。五七言诗，取其理法，少陵固云"熟精文选理"矣。惟矫之太过，人习而不敢言耳。至清而古学复振，遂为瞩目，一时作者选者，颇传名焉。许氏其一也，而黎氏笺注，规规乎崇贤，亦与之合。且选篇多约，笺注加详，书乃竟于俗口，则觇乎风气之渐变也。

己亥五月廿九

先秦文举要　两汉文举要
魏晋文举要　南北朝文举要　高步瀛　撰

高氏举要，此四种皆中华书局就遗稿董理者，非若《唐宋诗文举要》为其手定也。故体例不尽一，惟《南北朝文举要》最密，盖因已写定之《骈文举要》欤？笺释率多详尽，为其文多出《古文辞类纂》，而高氏倾力为之笺也。笺释循桐城之说，隐执义理，遍为考据，妙解辞章，古今诗文之注本，兹为大成。予尝就数篇讲授，逐条比观，引据皆较崇贤加胜，彼时固无数字检索，渊博足震骇也。今人多求诸检索，反远逊其餍心切理，何也？惟笺释文字于段落后杂列，殊不便观览，重刊须各系当句下，不必拘拘原例尔。

己亥五月廿九

唐宋文举要

高步瀛　撰

高氏举要，以此部为最精，盖所习熟，用力深也。《唐宋诗举要》，似用力未深，颇恨疏略。《南北朝文举要》用力深矣，而高氏古文之精熟固在骈文上，论作文义法之详密固不可及焉。另分甲乙。甲编古文，以八大家为体，旁采诸家羽翼之，详略得当，简择持平。余少读唐宋文，全依此选。乙编骈文，沿六朝之体，故录四杰独多。宋人四六自成体格，兹选殊嫌挂漏，尚未及钱子泉文学史中录文之备也。

庚子正月廿四

古诗源

清　沈德潜　撰

予固谓归愚论诗"有第一等襟抱、第一等学识"也，而今世无知者矣。盖自新学兴，不辨善有二，其一目的之善，儒学之正传也，其一手段之善，朱子之歧出也，遂以朱子掩正传，而儒学失其传矣。因贬朱子，遂贬归愚，不知儒学，亦不知归愚也。论唐前之诗，不有此第一等襟抱学识，不能别源流。汉季言若反耳，意不失正；魏人所尚者气，意已不逮；晋宋有所遁，不复言意；齐梁则流，安问意？此其大较耳，然天之钟才，其间岂无不群者？即论一人，亦时有矫矫处。故尤须得别裁。读此本，庶能不失乎？

己亥三月廿二

唐诗别裁集

清 沈德潜 撰

归愚之论诗，亦峰之论词，皆先求本原，复穷变化，谓之集大成似无过也。而归愚始得大名，后遭訾謷，亦峰向被勇于立论、疏于考证之讥，其由来有自矣。盖本原者，性之正也，近世以来言功利，视性必基功利，言其正即帝利之正，遂腾毁谤。浅俗辈谤孔孟，无异焉，何怪乎谤归愚、亦峰耶？虽归愚之始得大名，其故或亦由是，胥不知性之正非伦序之顺也。故其名焉，谤焉，无足加劝加沮也。有识者知之，读唐人诗宋人词，求之归愚、亦峰可矣。

庚子正月初二

诗比兴笺

清 陈沆 撰

诗非一体也，执一，器必隘。渔洋是已，执右丞，遂阴诋少陵。今秋舫亦是已，执比兴，乃取少陵之砥砆。其取寄托者，一若微之取显陈时事者，少陵佳处岂在是？彼有所取焉，一若渔洋之阴诋焉。且秋舫之生，在茗柯后，略与介存同时，其选诗不及茗柯之选词，其说诗不及介存之说词，虽若考证深湛，实于比兴晦昧，其传也，殆与清儒相表里欤？茗柯、介存之传，难矣，而终绝焉，不足异也。

辛丑八月十八

宋诗精华录

陈衍 撰

宋人值唐人鼎盛之后，诗无进焉，故资书以为诗，此唐人不能办也。山谷言点铁成金，言夺胎换骨，资书之巧用也。固非江西一派之法，而宋以后之共法也。法同，格调有不同焉，习乎法而忘法，所见惟格调耳。忘法而以格调别唐宋，宋人之为宋人诗者蔽焉。石遗是编识此蔽，丝竹金革与土木并进，不谓之卓识不得。虽然，果能出于习乎法之外，而识此法耶？亦不能必也。法非难于识，难于习而无睹也。石遗过之，朱自清有评论是书文字，又不及之，过与不及之间，正在我辈耳。

己亥十二月三十

唐宋诗举要

高步瀛 撰

诗之或言性灵，或言神韵，或言格调，或言肌理，格调与肌理必相合，盖皆言理也。肌理之理，考据家之理，与江西法合，遂衍为同光体。格调之理，义理家之理，与桐城派合，故方植之《昭昧詹言》，固桐城说也，然视之归愚说亦无不可。理之尚，固远性灵，又异乎神韵，故桐城派与同光体必有合，于是见高阆仙焉。读《唐宋诗举要》，于此求之可也。虽然，高公精力全在文章，持此较《唐宋文举要》，品鉴略而考证疏矣。

己亥十二月三十

花间集

后蜀　赵崇祚　撰

放翁跋《花间集》云："历唐季五代，诗愈卑，而倚声辄简古可爱。"说者纷纭，未明所以。盖长短句句法错落，抵疏纵之气，成委曲之致，辅以晚唐繁靡之格，即花间体也。其体在委曲、繁靡之间，断续之际，作者之意或隐，读者之意纷起。誉之者如放翁，称其"简古可爱"；抑之者如俞彦《爱园词话》，则谓之"诡谲不成文"。温之辞，起志洁之想，韦之叙，坚不悔之志，其尤也。其次之描摹，色而韵，情而丽，皆不失为可爱也。要在读者善读之耳。

戊戌十二月廿六

温韦冯词

唐　　温庭筠
韦　庄
南唐　冯延巳　撰

唐五代词，温韦冯为正，后主为变。其变也，非静安所云伶工之词变而为士大夫之词也，不然，孰为正耶？温，瑰丽其貌，而有"其志洁故其称物芳"之意；韦，调吻若质直，而有"虽九死其犹未悔"之志；故皆谓之屈子之遗焉。冯，独于反复缠绵中，有担荷，有约抑，迦陵师所谓"弱德之美"也。似较温韦尤能感动。此变而不失其正，亦正也。后主，则洁而无所守，悔而不见易，无能担荷，遂至颓放，此变而遂变者也。静安称之，适见其狭耳。

深味三家词，始见常州诸老之卓，而蚍蜉辈敢撼之，所以不解也。

戊戌十二月廿六

南唐二主词

南唐　李　璟

李　煜　撰

二主词传本以明万历墨华斋本为最早，盖宋末掇拾之本，殊未称备也。而名作具在，规模可窥。中主当忧患之际，丝竹陶写，怨悱隐见。固与正中表里，所谓"兴于微言，以相感动"。后主则归为臣虏，愿望都绝，茫茫人世，徒愁幻化。而于此幻化中，得一无可奈何之凄美境界。中主犹不失诗教之正，后主则几乎异端。故亦峰言"后主虽工于怨词，总逊此哀婉沉至"也。又曰"悽惋出飞卿之右，而骚意不及。"皆此意也。自王静安契叔本华之说，用哲思以察词境，比诸释迦、基督，后主名遂上之矣。后主最似东坡，"一江春水向东流"与"大江东去"，俱见大化气象。然东坡化而有实，终不失正，后主化而成幻，游荡无归矣。然后得一游荡无归之王静安赏之，天下又嚣然从之，后主之幸而词学之不幸也。诸家释说无能发此意者，读之怅怅，恨不得起常州诸老于地下也。

戊戌十一月初四

二晏词

宋 晏 殊
晏几道 撰

刘贡父谓晏元献喜冯延巳歌词，其自作亦不减延巳，几成定论。惟陈亦峰言"貌合神离，所失甚远"，殊不可解。必真见元献词佳处，始足折之，而无人道着也。自驼庵先生言其有解决之办法，迦陵师言其具圆融之观照，遂成定论。而与延巳之同异，亦得判别。叔原则名过其父，然不过情胜词婉耳，殊难比肩。读其词，想其人，殆类《红楼》中之痴公子，杂彼面目可厌间则见其灵秀，使在雍容雅健者旁则适形其寒伧也。今以浮辞夙慧从事者，率此类也，亦得如叔原之无人不爱，可诚矣。

戊戌八月廿四

欧阳修词

宋 欧阳修 撰

欧阳公词传者二种。《全集》之《近体乐府》三卷，皆雅近正中，所谓"欧阳永叔得其深"者也。《醉翁琴趣外篇》六卷，多类柳耆卿，所谓"小人谬作，托为公词"者也。然二种之神皆合，驼庵先生所谓"热烈"也。其热烈也，深者自正中转而为东坡，俚者虽耆卿不能合而况谬作之小人？与乎大雅，元献俊矣，未足言开拓；侧诸闲情，叔原亦俊矣，未足言高迥。不解亦峰何事不能赏之也。

己亥正月初五

张先集

宋　张　先　撰

晁无咎曰："子野韵高。"周介存曰："子野清出处、生脆处，味极隽永，只是偏才，无大起大落。"陈亦峰曰："张子野词，古今一大转移也。规模虽隘，气格却近古。"盖子野于词，有天赋之合，落笔即得简古之趣，曰韵，曰味，曰气格，其实一也。外此则罕有其长，故曰偏才，曰规模隘。而此简古之趣，处柳、苏之际，非今非古，所以言一大转移也。然非词史之转移，天赋之合有以似耳。好之可，过誉之不可。今人遇天赋之美者，必汲汲过誉之，见之昧也。

己亥正月初十

乐章集

宋　柳　永　撰

黄演山云："予观柳氏乐章，喜其能道嘉祐中太平气象。"盖当时公论，言之者不乏，独演山最善形容，曰："是时予方为儿，犹想见其风俗欢声和气，洋溢道路之间，动植咸若。令人歌柳词，闻其声，听其词，如丁斯时，使人慨然有感。呜呼，太平气象，柳能一写于乐章，所谓词人盛事之黼藻，其可废耶？"而耆卿素被尘下之名，后人或不易解，及读荆公诗："愿为五陵轻薄儿，生在贞观开元时。斗鸡走犬过一生，天地安危两不知。"可以晓矣。然亦在耆卿之善铺叙也。其下者，传歌于井水，加厉乎白傅，犹得方诸杜陵，谁谓才命相妨耶？其高者，森秀幽淡之趣在骨，既云不减唐人，谁谓失其远韵？特识与不识耳。介存谓："耆卿镕情入景，故淡远。"当其淡之极，远之极，情若无，景亦若无，是无我之境生焉。词中无我之境固罕，然亦何必有我始足言韵耶？俗处得世象，韵处见逸致，耆卿岂易步趋！

己亥正月二十

东坡乐府　　　　　　宋 苏轼 撰

介存讥东坡"每事俱不十分用力，古文、书、画皆尔，词亦尔。"尤于词见之。盖无心求其工，纵笔抒写，寄意有之，应酬亦有之，慨叹有之，诙谐亦有之，虽一篇之内，往往玉石杂糅。其不工者可以无论，工者则若出尘外，非人间得仿佛也。非无竟体皆佳者，虽时有疵瑕，转益其姿态，若乱头粗服之不掩国色，此为尤难也。太白而外，未见其似者。然太白神之盛，东坡则性之疏也。虽然，工者少而不工者多，差逊太白，此在坡公尚尔，而况余子之敢效颦者乎？

庚子九月初四

山谷词

宋　黄庭坚　撰

易安《词论》言词别是一家，知之者少，后晏叔原、贺方回、秦少游、黄鲁直出，始能知之。所知之者，以前文臆之，不为句读不葺之诗一也，协音律二也。宋人秦七、黄九并举，山谷于音律，或能娴也。然陈亦峰云："黄鲁直词，乖僻无理，桀傲不驯。"是必为句读不葺之诗，安在其能知之耶? 盖后人论词，与宋人不同，宋人但遇诗中未有之境即亟许之，后人尚欲此境之合体格也。山谷词之桀傲不驯，倔强中见姿态也。盖以桀傲倔强，写之错落委曲间，激荡而成一未有之境，亦足异也。特过乎峭拔，悖于要眇，所以云乖僻无理尔。吾解宋人，而必从后人之论矣。

己亥正月廿六

淮海居士长短句

宋　秦　观　撰

张叔夏以"淡雅"目少游，近似矣，而周介存曰"和婉醇正"，最得其实。盖淡雅，犹天赋也，和婉醇正，则功夫在焉。少游以晏欧之神理，运耆卿之铺叙，复兼性情之所近，得和婉也。其慢词，法不及乎美成，故介存言逊彼之辣，而专意含蓄，竟得醇正。词至少游，于神理与法度间，为真转折矣。子野之转折，于天赋与运会间，非人力也。耆卿、东坡，振起而非转折也。所以词家正脉，例尊少游。

己亥正月廿九

晁氏琴趣外编·晁叔用词

宋　晁补之

晁冲之　撰

皆言无咎词近苏、叔用词近柳，殊未当。无咎以耆卿之铺叙，写东坡之豪放，遂自为格。所用词调多僻，其从叔次膺尝以承事郎为大晟府协律，与万俟雅言齐名，或无咎亦精音律欤？则与东坡同而不同也。措语平贴妥溜，蹈扬处虽亦不失风韵，而无纵放手段，陈亦峰所谓东坡"悬崖撒手处，无咎莫能追蹑"也。然亦当时名家，后来不遗。叔用词传者不多，在少游与清真间，尤似少游，而绝不近柳。少游浅而深，叔用则浅而清，韶秀固同也。

己亥二月初七

东山词

宋贺铸　撰

方回当冯李与周姜之变，远者既违，近者未趋，而面目多变，格调独异。宛丘曰："夫其盛丽如游金张之堂，而妖冶如揽嫱施之袪，幽洁如屈宋，悲壮如苏李，览者自知之，盖有不可胜言者矣。"可谓最善形容。叔夏赏其一端，曰："善于炼字面，多于温庭筠、李长吉诗中来。"见之已偏，而况其所驱使又不止温李、又不但字面耶？方回于宋词人中，袭前人成句最多，至《小梅花》数曲既自然，又疏落，最是极诣，恐叔夏未必识也。而王静安曰："北宋名家以方回为最次。其词如历下、新城之诗，非不华赡，惜少真味。"盖彼但知有冯李，悖者多抑之，不自知见之隘，动辄诋人，可笑也。

己亥二月十三

清真集

宋　周邦彦　撰

慢词至美成而极，过此则偏，白石偏于格，梦窗偏于情，然他人已不能及矣。苏、辛不入彀中，矫矫无可绳之，虽其年犹在绳检内。美成最得中正，姜、吴或能以偏诣过之，至语其沉着，则瞠乎后矣。其判别盖自学养、习性见。试取美成、白石诗文读之，则白石气太清，固不能得其中，美成胸中富，笔力自然沉着。然亦在时会，盖前此不足逞其技，后此难于平其质文也。

己亥三月初一

石林词

宋　叶梦得　撰

石林学问名家，作为小词，亦颇有声。然读之实无多趣味，无怪流传未广也。其词有关注序，曰："味其词，婉丽有温、李之风。晚岁落其华而实之，能于简淡时出雄杰。合处不减靖节、东坡。"《提要》讥其所拟不伦，余季豫辨之。然关氏语，谀辞也，于一二篇中得其仿佛，遂敷衍之耳。集中惟《贺新郎》"睡起啼莺语"一篇，以长调运以五代之格，感慨似有寄托。其余佳者，是质朴非简淡，而疏纵若雄杰耳。何论乎其劣者耶？

己亥三月十六

樵 歌　　　　　　　　宋　朱敦儒　撰

迦陵师记苦水先生讲《樵歌》，最具只眼。盖希真词多言仙道，已知其所造矣。苦水先生曰：宗教多为人，惟道教为己。故希真乐天处，正其没出息处，诚可鄙也。希真词与东坡不同者，坡公旷中不失其健，希真则放中窃计其私。此出息与没出息之说也。惟其天赋之才，善写形貌，有以掩其鄙。然使具眼，政自难逃。苦水先生颇怪胡适之欲有为，而极赏希真，实无足怪者，盖胡适之同一形貌而以欲有为掩之也。五四后，形貌之伪，欲有为尤鄙于无所为，今已百年，尚不知其可鄙，则可悲耳。

己亥三月廿九

芦川词

宋 张元干 撰

《四库提要》论芦川词云："其词慷慨悲凉，数百年后，尚想其抑塞磊落之气。"陈亦峰云："忠爱根于血性，勃不可遏。"此其长也。然其气也，其忠爱也，直写之长短句中，转失其韵，盖学东坡"老夫聊发少年狂"诸作而加厉者，不知东坡此类本非高调。视为一格可，格不必高也。《提要》又云："他作则多清丽婉转，与秦观、周邦彦可以肩随。"直同瞽说。芦川尚不能窥秦周法度，徒以所叙写者近，辄以为可以肩随，有眼乎哉？

己亥四月初二

李清照集

宋 李清照 撰

易安词熔铸花间、耆卿、少游而自出机杼，《四库提要》推为"词家一大宗"，已嫌太过，至云"抗轶周柳"，直同呓语耳。盖其渊源虽有自，惟恃才慧，不求根柢，无论美成之沉著不可及，即于少游亦仅得其婉丽，陈亦峰录其词多在《别调集》中，可以知矣。特体贴入微，易于动人，遂使所熔铸并无痕迹，为俗子惊异也。其词面貌固多，佳处胥同此者。诗文亦尔。集中《金石录后序》，同一善于体贴，虽体貌迥别，所以动人者固无别也。

己亥四月十六

张孝祥词

宋　张孝祥　撰

词中东坡、稼轩之体，最难学步，两宋词人学者不少，合者无一焉。故南宋全为美成一脉，殊非无故。白石、梦窗固自杰出，即梅溪、西麓辈，亦皆可观。盖苏辛全恃天分，美成尚得人工之锻炼，不有美成之神，尚可循其蜕，若不有苏辛之神，徒成句读不葺之诗矣。于湖夙以才著，词不过尔尔，非其才不若梅溪、西麓辈，不识词之锻炼也。美成之成就一代，固不可及，苏辛之不成就之，尤不可及也，观于湖词，益信焉。

己亥四月十六

放翁词

宋　陆游　撰

放翁诗雄一世，词不能摩苏辛之垒者，何耶？盖诗词之锻炼不同，诗以典实、排奡为工，词以组织、敛抑为尚，放翁性固工诗者。放翁与苏辛之性情又异，苏辛出乎诚而无伪，放翁便有许多作态处。阳为排奡，阴实作态，安在意内而言外耶？然有以惑人矣。复堂尚为所惑，无论余子。

己亥四月十六

稼轩长短句

宋　辛弃疾　撰

稼轩之词，早年气豪，中岁笔健，世皆能见之。至晚岁，敛豪气于萧散，寓健笔于平易，有非沉郁足以尽之者，世或未能知之也。龙洲步趋，固是笑柄，白石摹拟，居然下驷，而况余子哉！大抵东坡独运其才，行乎其所行，时有激荡，终不失于正。稼轩则敛其豪健，不欲离于正，而腾挪跌宕，不免横溢。二公皆得其正者，坡公之正舒以缓，稼轩之正强哉矫。坡公若尤正焉，故复堂云"东坡是衣冠伟人，稼轩则弓刀游侠"。然稼轩之正存乎志、贯乎义，复堂似未能识，常州诸老中所以为最下尔。

庚子九月初四

龙川词

宋　陈　亮　撰

叶水心《书龙川集后》："又有长短句四卷，每一章就，辄自叹曰：'平生经济之怀，略已陈矣。'余所谓微言，多此类也。"今汲古阁本《龙川词》三十首，毛晋所谓"不作一妖媚语"者，与自《花庵》等录出"亦未能超然"者，不知何者所谓"微言"？若前者，殆犹皮相，若后者，庶为常州之滥觞矣。同甫词决非诣诣，虽先之经济之怀，去高境固尚有间也。然《水调歌头》"送章德茂"、《水龙吟》"春恨"二调，各擅一美，于湖、放翁，不足与媲。

己亥四月廿四

白石道人歌曲　　　宋 姜夔 撰

白石词之工，惟工润色耳。所谓"俗处能雅，滑处能涩"，最寻常意思，偏出以典丽妥溜，尤于叙事中见其长。遂令眼前事、口内言，转若隐约典实间，去人既远，叔夏所以有清空之目。盖出江西诗法，以石湖之体，用诸长短句，抑扬顿挫之际，姿态益饶。古雅之格，至是已极。然自此润色之工外，殊少佳处。王静安故言"古今词人格调之高，无如白石，惜不于意境上用力，故觉无言外之味，弦外之响"。静安词学，多窃自介存，此言即介存"白石词如明七子诗，看是高格响调，不耐人细思"之转写也。世无知者，特为拈出。

庚子九月十五

梅溪词　　　宋 史达祖 撰

词至美成，法备矣，言乎字面、布置也。至于法之外，各在其天分尔。白石、梦窗，上继美成，而余子所不可及处正在其天分，然不失乎法。白石法虽最平易，号为宗工，然不尽拘拘于法也。梅溪辈则惟法矣，介存所谓"非大方家数"，所谓"一勾勒即薄"，即言此也。游词之兴，梅溪辈之罪欤？虽然，梅溪亦不易企也。法之娴，不潜动人心耶？即亦峰识见之卓，犹为所动，置诸梦窗之上，而况他人乎？介存所以言："颖悟子弟，尤易受其熏染。"

眼力最具。然曰："喜用偷字，足以定其品格。"亦太过矣。

己亥五月初一

后村词　　　宋　刘克庄　撰

词至南宋，有所谓词法者，无外乎字面、布置也。诗词皆讲字面，而词狭，故多言自唐贤诗句中来，诗则泛滥无所不至。词重布置，诗则稍求起承转合之呼应耳，佳者胥可求之布置之外。后村词，以诗法为之，无布置，泛滥乎字面。词中固有此一体，东坡"老夫聊发少年狂"是也，龙川"不见南师久"是也，于湖、放翁是也。然非高调也，后人目之"豪放"，遂集矢苏辛。苏辛固不斤斤于布置，其高处，化于北宋，与豪放者实殊轨。亦峰曰："潜夫感激豪宕，其词与安国相伯仲，去稼轩虽远，正不必让刘、蒋。"最是有分别语。然以字面之形迹言，后村亦实最似稼轩也。

己亥五月十六

梦窗词　　　宋　吴文英　撰

词至白石，始识修饰之妙，虽最琐细事，皆得出以古雅。词于是乎有法，而沈义父、张叔夏言之矣。然白石多用赋笔，学之尤易，遂为宗工矣。梦窗则抒情体物，用比兴为旁通，运异才成奇彩，如不见法者，其实一也。白石之蔽在敷衍，梦窗之蔽在馂饤，去美成终隔一间，惟美成可谓法而无法。而空际转身，亦非梦窗不办，盖现量之胜，不在其法在其才也。

己亥八月廿六

竹山词　　　　　　　宋　蒋　捷　撰

亦峰云："竹山在南宋亦树一帜，然好作质实语，而力量不足。合者不过改之之匹，不能得稼轩仿佛也。"盖"质实语"，介存所谓"俗"也，"力量不足"，晋卿所谓"粗鄙"也。视竹山之近稼轩者，譬之改之已过矣，况其近姜史者乎？然竹山非稼轩，亦非姜史，但其使气近稼轩，法度近姜史耳。竹山之长，在才之异，宋词纯以才异过人者三人，子野、方回与竹山也。子野、方回远俗鄙，故惟于竹山多争执也。才之异，不必求乎法度，不必上乎寄托，操笔熟，即能赢人。及一深思，见其浅矣，见其俗鄙矣。读竹山，可以为鉴。

己亥五月廿八

须溪词

宋　刘辰翁　撰

须溪以孤忠得人爱,遂及其词,其词实不足多。况蕙风极力推之,甚不可解,盖《蕙风词话》不可解处往往而在,不止推须溪也。陈亦峰词话怜其悲宋,爱所及也;而《词则》不存一篇,选之公也。须溪词满心信口,真率有余,才情未足。加以贪多之病,愈形伧楚。比放翁逊其豪,比龙洲逊其气,比后村逊其典实,比竹山逊其妩媚,稼轩阵脚,须溪为最下也。

己亥九月十三

花外集

宋　王沂孙　撰

周介存曰:"碧山餍心切理,言近旨远,声容调度,一一可循。"故有"问途碧山"之语。晚清诸老,虽或疏或密、或姜或吴,其法莫不如是,皆可谓导源介存。亦若宋以后诗,或韵或格、或唐或宋,法皆不能背江西。然介存又曰:"惟圭角太分明,反复读之,有水清无鱼之恨。"江西诗如是也,晚清词如是也,转觉碧山不如是也。况而逾下,介存先照烛之,可谓卓识。静安见晚清词之圭角分明,转而言境界,其实即介存之"有寄托入,无寄托出"也。彼操介存以攻茗柯,将谓之识之昧耶?计之工耶?吾不能知矣。世之惑于静安说者,其当三复碧山词。

己亥十二月十一

山中白云词 宋 张 炎 撰

玉田词措语超脱俊秀，反以是闲雅从容不及白石，沉郁忠厚不及碧山，盖一得之工遽掩其余，所谓"聪明反被聪明误"也。介存云："玉田惟换笔不换意。"换笔，其措语之才也，不换意，矜其措语之才以掩其余也。然偏诣之至，亦足为法，所以竹垞专学之。学之而失其感时伤事，亦峰讥其似是而非也。然竹垞别有感伤处，辅以玉田之措语，玉田亦有所不能到，亦峰所谓"艳词至竹垞，空诸古人，独抒妙蕴"也。竹垞自言"倚新声玉田差近"，其自知之明欤？

己亥十二月十一

遗山乐府 金 元好问 撰

叔夏云："元遗山极称稼轩词，及观遗山词，深于用事，精于炼句，有风流蕴藉处，不减周、秦。如《双莲》《雁邱》等作，妙在模写情态，立意高远，初无稼轩豪迈之气。岂遗山欲表而出之，故云尔？"盖遗山法近叔夏，特气类苏辛耳。气类苏辛，其貌合；法近叔夏，亦未必神似。故其不使气，便觉有风流蕴藉处。而用事炼句，实出诗法。遗山词，则貌词而神诗也。亦峰谓之别调，识之卓固非叔夏所能及也。戈顺卿言遗山词不逮诗，或所见之同欤？

己亥十一月廿二

王船山词

明　王夫之　撰

船山性之厚，学之深，无疑焉，词不足因是而佳也。不然，迦陵惟恃才耳，何以独绝？叶恭绰、龙榆生之论船山词，胥从其性其学言之，乌足为是？知其佳易，知其所以佳难，而况成心一存，并不足知其佳耶？予嗜船山文字殊深，惟其词终不能入。欲言其不佳，不能忘其性之厚，学之深，欲言其佳，不能得其佳处所在。龙榆生辈所论，皆浅俗。彊村言其"字字楚骚心"，或亦不能忘其性与学耶？况彊村论词多见其话头太高而不能测也。

己亥十二月廿八

梅村词

清　吴伟业　撰

梅村词情之艳，时有远韵，气之迈，多见感慨，词人之美质也。然专力为诗，未暇深造，不能及朱、陈，而固已远过放翁、后村矣。梅村诗极工雅，词实逊之，诗之雅异乎词之雅也。若使深造之，必求诸姜、张，此梅村所不能知，竹垞独得之者。盖东坡不可为限，虽稼轩，擅美处未尝大异之，神合貌离，张叔夏尚为所蔽，安问其余哉？故将为梅村惜，而实有不必惜者也。

己亥十一月三十

拙政园诗余

清　徐　灿　撰

论湘蘋词者，一则曰"尽洗铅华"，再则曰"绝去纤佻"，是不以妇人视之也。何者？妇人词才，终近铅华、纤佻耳。洗绝之，居然士夫矣。问其故，曰：识大体。湘蘋与素庵，情好才匹，不幸遇国变，素庵不能固穷，湘蘋不能不憾之。虽憾之，不必如戏文所搬演香君之绝朝宗，盖所匹者匹夫非圣贤也。而憾有在焉，胥发之词中，谓之温、韦可，谓之正中亦无不可。彊村云："词是易安人道韫"，得之。世传柳姬谏牧斋不仕清，吾不能尽信，尤不能信陈氏瞽说。何者？以柳姬词之铅华、纤佻，安见所谓大体耶？

己亥十二月初七

迦陵词

清　陈维崧　撰

皆言迦陵词苏辛之流裔，嘉其气象之阔大，此殆皮相之见也。艺有见诸外者，有在其内者，其外徒幻现耳，具眼者见其内而忘其外。其年词法，实与竹垞同，得文字之巧，以范围所涉笔处。然竹垞范围所在，情也，事也，其年则气也。此盖天赋之禀，无关人力。惟气也，流转不定，法逐之而幻现不绝，若万花镜之旋转旋生者，故其年填词最富。竹垞无此幻现，将苦于滞，乃于无意中别生一境，超超法上，此蕙风所以再三审度而必推竹垞冠其时也。其年涉笔快，非率也，东坡则时时率，盖坡老固不屑文字之巧。其年用力大，而往往浮薄，稼轩则沉郁，中所有者异也。谈艺者毋为幻现所惑，斯得矣。

庚子三月初二

纳兰词

清　纳兰性德　撰

陈亦峰论纳兰词曰："缠绵沉著，真可伯仲小山，颉颃永叔。"伯仲小山可，颉颃永叔不可，盖亦峰浅乎视永叔矣。纳兰其性纯，其才秀，其语浅，处其地位，一时称之，不足异也。称之稍过，亦非不可恕也。独静安功力既弱，不肯自反，引纳兰为同道，动以"隔"诋擅功力者，安在其论之公耶？

亦峰《词则》，于纳兰词多称道语，而所录不过七阕，世所艳称"月轮皎洁""两桨松花""秋风画扇"之语，不登一字，微言卓识，从可见矣。顾视静安，毋乃自堕叔本华氏所言"眩惑"欤？

己亥十二月初七

小眠斋词

清　史承谦　撰

史位存词，固不能企其年、竹垞，即去樊榭、璞函亦远，盖才力、韵味皆不逮也。然正为才力弱，和以闲雅，为韵味浅，出以纡徐，遂别成雅丽之境。丽近五代之韵，雅似南宋之工，兴寄幻在，精粹若存，似拔帜于朱陈之外，实不过因病成妍耳。亦峰不察，曰："其年、竹垞，千古仅见，会于一时，十余年而生一太鸿，又十余年而生一位存，又数十年而生一璞函。"推挹过情，而犹胜辨别于浙西、常州之际者，盖同昧于因果，亦峰尚能睹其风神，俗学并其形貌皆不见也。

己亥十二月十一

水云楼词

清　蒋春霖　撰

陈亦峰谓鹿潭最近乐笑翁，虽竹垞学玉田去之尚隔一层，初闻似不可解，转思实有故也。盖玉田、竹垞、鹿潭，皆好修辞，能出天才于古雅，其同也。而毋问其嗫耶嬉耶，竹垞失寄托矣，词之游从兹始。玉田或近率，鹿潭或逊精，词中有史则皆然，故外竹垞矣。清季诸老近之，其病亦相近。病者何？有寄托入矣，未能无而出之。持较皋文《水调歌头》五章，其病自见。亦峰病之，故推庄中白也。静安亦病之，乃推一纳兰。吾不必辩其推中白果当否，要非静安之劣下则昭然也。

己亥十二月廿一

词　选

清　张惠言
张琦　撰

词之法度，极于宋人雅词说，竹垞全袭其貌，求变化而未能。迦陵之气，若可以决其藩篱，而终为之牢笼。噫，法度之限，才人无如何也。乃皋文扬手指点，居然弃去如敝屣，向上一路，始为词家所识。皋文非人杰欤？或同人授受，别有心传在，此选评语，殆不可固执者。竟为静安小儿所诋，群氓无识，随而狂吠，词学遂以不振。或曰：此选评语不可执，孰是可执者？予曰：求之附录，皋文《水调歌头》五章，视朱、陈如何？又何有乎静安也？曰：同人之心传安在？曰：亦求之附录。恽子居词："少年白骑放骄憨。踏青三月三。归来未到捉红蚕。化蛾真不甘。江橘叶，一分含。那防仙姬探。双双凤子出花龛。茧儿风太酣。"二百年来无此作矣。读《词选》，死言下者，正不知几人也。

辛丑六月初四

词　辨

清周济撰

皋文，经师也，以汉儒说诗法说词，虽或别有心传，终嫌自隘规模。介存初求有寄托，再求无寄托之说出，皋文之学始得正传焉。介存可谓善学者也。常派得介存，其学自大，复堂可以不数。静安词学精者，皆窃自介存之无寄托也。介存以有寄托之隘，故抑南宋，复张无寄托之说，故扬北宋，盖矫皋文之枉而不惜过正也。静安执介存以攻皋文，或失之贼，更以过正为正，一言南宋即横一"隔"字于胸中，则失之愚矣。介存雅不喜白石，静安并美成、梦窗、碧山而排之，不善学也，至于是乎？

辛丑六月初五

宋四家词选

清 周济 撰

介存《词辨》言作词初求有寄托，再求无寄托，此选言"夫词，非寄托不入，专寄托不出"，大结穴也。其他论词语，点到处俱极精粹，诚皆有得之言。蒿庵《宋六十一家词选》例言尝称道之，而陈亦峰甚推蒿庵，竟无一语及介存，殊难解也。《词辨》已扬温、韦、南唐，下掩北宋，此选则重南宋，美成固结北开南之人物也。两选合观，自得常派根柢，静安但讥《词辨》，不足与言。惟极诋姜、张一派，白石、玉田皆不放过，殆刻意雠浙派耶？皋文固未如是也。然其所诋，皆中其弊，不似静安信口开河耳。

辛丑六月初六

蓼园词选

清　黄　苏　选评

蓼园，乾隆五十四年进士，皋文，嘉庆四年进士，时略相近，而一临桂人，一常州人，疑互不知闻也。然论词皆上托比兴，迥迈当世，其应如影响，殆亦间气钟于斯时欤？惟皋文着意在大处，蓼园则条缕尤密，为不同耳。蓼园为蕙风所推，隐若临桂先声，皋文流脉不绝，衍成常州一系，皆词学中疏凿手也。是选自《草堂诗余》前集择取，徐珂所谓"汰其近俳近俚诸作者也"。徐氏以为合于复堂论《草堂》虽不讳俗，而"陈义甚高，不随流俗"之旨者，是临桂派与常州派固终始无间也。

辛丑六月十八

唐五代词选

清　成肇麐　撰

词行于有明者，《花间》《草堂》也。自浙派尊姜、张，渐为人轻。及常派起，盛推温、韦，于是临《花间》《草堂》而蹒躇矣。盖高者涵浑，下者淫靡也。所以必有黄蓼园简择《草堂》，亦必有成漱泉简择《花间》，稍参之《词综》《全唐诗》，即此《唐五代词选》也。蓼园词选出，为徐仲可所称，此选出，先为蒿庵印可，再为陈亦峰所赏，常派遂得惬心于《花间》《草堂》焉。词学至常派而极高明，世运屯邅，百年中衰，今之言唐五代词者胥从明人。斯选久湮，可胜浩叹？

辛丑六月十九

词 则

清 陈廷焯 撰

予年十四五，陈公英华以龙榆生选本见示，始知词贵精选，年十六七，得是书于西安古旧书店，遂鄙龙选。是书与《白雨斋词话》皆景刊陈氏手稿，精装三册，价止十金。摩挲既久，深忧折损，既购词话铅印本，竟于西安外国语学院废弃书中简得平装一部，常随行箧。于今又二十余年，始标校勘对，拟印定本，庶不负陈氏指津之赐也。

亦峰此选，旨归在茗柯，泛滥乎竹垞、述庵，于清以前皆能得其平，清以后尤见特识，于同时者未免乎私阿也。迦陵、竹垞，固名家也，而推迦陵为巨擘，赏竹垞之艳词，真勇于立论者。其次，尊茗柯之五章，拔双卿之独秀，后来论者，皆无出其外。至如文友、汉舒、位存、璞函辈，皆赖之以传，而今知之者尚罕也。独怪自鹿潭后，但推复堂、中白，虽项莲生不论焉，而友朋之章纷然杂厕其间，亦不可解矣。又，介存论词极精，竟不著一字，复堂《箧中词》亦未兼及，直使人恨不能起公于地下一问之。虽然，词选之集大成者，尚不得不推是书也。

庚子正月廿一

文　赋

晋　陆　机　撰

彦和讥士衡"巧而碎乱"，恐亦有辩。赋者体物，文赋者体文之为物也。虽有品藻论议，究以体貌文之诸态为旨。譬诸山川都邑，其为赋也，必纵横罗列以壮气势，而不必条贯以稽考查也。"巧而碎乱"，殆赋之所未免者乎？士衡才士，其赋文也，取则未远，会意独深，故呵其碎乱，然亦在乎君子之恕耳。

甲午二月廿七

文心雕龙

南朝　刘　勰　撰

彦和以骈体谈艺，意尽辞畅，文章固自精绝，无怪乎王益吾之《骈文类纂》几于全文录入。至于弥纶群言、位理定名，不仅文士而已。所论备而不概，纵横通贯，则尤罕其匹。然亦止以品鉴最为精核。故其论文叙笔，原始表末，不止餍心切理，乃至言出论定。而其剖辞析采，虽能深察作者之心，未堪著见形上之微。知夫原道、征圣矣，而不知道之何以原、圣之何以征。识乎宗经矣，而所识止于文体之附会。骈列为文之术数十余篇矣，而恐未达一心之妙用。顾以文章之炳焕，品鉴之精当，论述之详实，结构之缜密，乱朱紫而动俗听，所以尤在乎有识者也。山谷云："所论虽未极高，然讥弹古人，大中文病。"正见其品鉴虽当、持论未深耳。

甲午二月廿一

诗 品　　　　　　　南朝　钟嵘　撰

记室论诗，殊乏精警，不知何以声闻之盛至于如此？殆作之初而时之古欤？漫检其评骘之语，俱泛而未切。"文温以丽，意悲而远"，岂独古诗为然？"文多凄怆，怨者之流"，不止李陵如此。"骨气奇高，词采华茂，情兼雅怨，体被文质"，五言之高者往往合此，孰必陈王耶？且彼所言源出于某，有某之体，亦多信口。后人津津求实，恐是自欺欺人耳。其三品论定，大略似得，细按颇有参差之憾，或者可以无作耶？持论亦止"直寻"一端之得，未造深微，固难方驾舍人之《雕龙》也。

甲午二月廿七

诗 式　　　　　　　唐　皎然　撰

唐人诗冠绝古今，而诗论卑卑无足道，又于皎然之《诗式》见之也。其法亦非不密，其格亦非不高，而失在拘拘于法度格调之间。譬诸南宗之山水，岂非第一谛义耶？而一至于四王，乃落第二乘矣。故其所论，无才者依样葫芦可也，有才者必不以此为步趋。此所以唐人诗格之体，不见重于国人，而大行乎倭族也。

甲午二月廿九

诗品·续诗品

唐 司空图

清 袁 枚 撰

传司空表圣之《诗品》，非品诗也，写其胸中之妙尔。故其品有二十四，其胸襟固一也。彼深乎味外之旨，所品固皆有韵外之致。是其散为二十四品亦得，即视之为一亦得也。其言尤宜涵咏，而不可思致，几于诗三百之外，别开四言之新境。随园之续，非诗品也，乃诗说尔。不知何以竟续其貂？

甲午二月廿九

石林诗话

宋 叶梦得 撰

其书初读，但觉琐琐记掌故，是诗坛之"燕语"耳。然亦颇存北宋诸家及石林自家之谈艺语，可资考镜。其中最重荆公，正见石林诗学根柢所在。不必以《四库提要》党争抑扬之辞，横亘胸中也。如云"荆公诗用法甚严，尤精于对偶。尝云，用汉人语，止可以汉人语对，若参以异代语，便不相类"。此自宋以来诗之家法，石林识之，可谓先具只眼，乌得以为故扬之耶？不然，其讥荆公误用韦苏州句为己语，当何说耶？四库馆臣以官场事度文章事，适见其格局耳。

甲午三月初八

沧浪诗话

宋 严 羽 撰

沧浪以禅喻诗，又云"盛唐诸人惟在兴趣，羚羊挂角，无迹可求，故其妙处透彻玲珑，不可凑泊，如空中之音，相中之色，水中之月，镜中之象，言有尽而意无穷"，故世人每与司空表圣、王阮亭并论，然沧浪非但言味与神韵者也。其言曰："先须熟读《楚词》，朝夕讽咏以为之本；及读《古诗十九首》，乐府四篇，李陵苏武汉魏五言皆须熟读，即以李杜二集枕藉观之，如今人之治经，然后博取盛唐名家，酝酿胸中，久之自然悟入。"其堂庑特大，表圣、阮亭未必能作如是语也。明明此理，居然晦昧，无论其常言之数语，能无错会耶？

甲午三月初八

怀麓堂诗话

明 李东阳 撰

西涯诗法度音调，均极可观，于诗法可谓正宗。后人赝古之责，毋乃太苛？是编所论诗法，皆从自家甘苦中来，又适与古人相合者，非泛语也。《四库提要》所云："此编所论，多得古人之意。虽诗家三昧不尽于是，要亦深知甘苦之言矣。"持平之论也。故其每每自品所作，实出自见之诚，非苟为标榜也。论诗之法度音调，律诗古风犹易揣摩，乐府则尤难。西涯刻意为乐府，有出古人之右者。其《渐台水》云："渐台水，深几许？使者来，谁遣汝？

不见君王符，空传君王语。渐台水，行宫不可度。妾死犹首立，君行在何处? 平生委质身为君，此时重信轻妾身。君不还，妾当死。台高高，水弥弥。"此编备述其揣摩之艰辛："予尝作《渐台水》诗，末句曰：'君不还，妾当死。台高高，水弥弥。'张亨父欲易为'君当还'，乃见楚王出游不忍绝望之意。予则以为，此意则前已有之，末用两'不'字，愈见'高高''弥弥'，无可奈何，有余不尽之意。间质之方石，玩味久之。曰：'二字各有意。'竟亦不能决也。"是编若此者甚多，虽诗话之别体，亦足见古人之用心也。

甲午三月初八

渚山堂词话 明 陈 霆 撰

书固可以无读耶? 水南亦以博览称也，而其词话之较清人，但形浅陋耳。盖有明词学，文献不足故也。足，则水南所造必不止此。亦正赖水南辈殷殷保此文献，后来转上，迄于清人而眼界大开矣。世人但知诟明人词学之不振，而不知明人保此文献之功，正自遗惠不浅。惜乎! 明人无书可读，后人有书不读，竟乃厚诬明人矣。见其词学之不振，不暇细检，蔑之等《花》《草》，轻之若词曲。然水南词话，岂僻书耶? 竟不见其抑郁慷慨之气，非《花》《草》门径之所能局限也。词学一线，于兹不绝。特见闻不广，无由通变究理，致其浅陋耳。故余曰：文献不足故也。足，则水南所造必不止此。

甲午七月初八

词品　　明 杨 慎 撰

升庵此书，在当时可谓空前矣。于词史钩沉索隐，历历述之，规模体段，居然可观。亦惟升庵之博闻强识也，可以为是书，于是水南书为不足数。征引既繁，裁鉴多允，有明词学有此，庶几无憾。然明人文献阙然，虽以升庵之博闻，不得不为所限尔。约举三端。其一，词之兴也，肇端燕乐，升庵不能知此，乃于六朝以来之杂言妄加揣测。服其腹笥，笑其穿凿。其二，词之为体，要眇宜修，升庵不能悟也，近诗近曲者，概加称赏，未免乎泛滥耳。连城珷玞，错见杂出。其三，词为小道，故实多微，升庵罣误在所不免。特怪稼轩“用些语题瓢泉”之《水龙吟》，竟不之闻，则明人文献之阙可以想见也。虽然，升庵于词学可谓专力为之矣，实开清人之先声，未容后来之轻议。

甲午七月初九

谈龙录　　清 赵执信 撰

虽诗话本说部之体，而以之述恩怨、申意气，《谈龙录》其为变例耶？然阮亭一代宗师，得其书叙之，转为亲切近人也。书仅十数页耳，而所谈深中阮亭之痼，饴山亦具眼者。以阮亭之论相衡，诗之高境必在右丞而非少陵，故饴山揭其“阮翁酷不喜少陵，特不敢显攻之，每举杨大年‘村夫子’之目以语客”，实足令人绝倒。钱默存已揭此意。又举吴修龄之言曰："诗之中，须有人在。"此亦直箴阮亭。盖言神韵，物我两忘时，必见无我之境界。此于体物诚为高境，而于言志则非也。静安亦知其然，特不知其所以然耳。而饴山之所向，尤在钝吟，其言曰："诗之为道也，非徒以风流相尚而已，记曰：'温柔敦厚，诗教也。'冯先生恒以规人。"是将必趋归愚而不止矣。

甲午六月初四

原 诗 清 叶 燮 撰

叶星期才识亦非不高，特为七子横亘胸中，其论反形狭隘。其所独造亦非不戛戛，为有窒碍，见乃蔽于一隅也。盖彼所知者，诗随时运，未或稍息。而七子所知者，诗必因袭，始成古雅。彼所知者固胜七子，然七子所知者恐亦未能尽弃也。世皆知鄙七子矣，而不知后来偷师七子者凡几。桐城之于文，浙西之于词，均是也。然得之在神不在貌，人自不觉耳。即星期之门人沈归愚，言格调，崇唐、明，昭昭为七子之徒也。特归愚见过乎此，能于格调之中深求诗之为教者，即非七子所及也。且星期之侈言理、事、情也，实亦未若归愚揭橥"温柔敦厚"一语为得其本。而近人遽以迂守视之，殊不可解。故吾读《原诗》，恨其持论未能极高，转思归愚不置。

甲午五月廿五

一瓢诗话

清 薛 雪 撰

薛生白受诗学于星期，与归愚为同门，然持论视星期则钝，视归愚则迂。或谓归愚之言"温柔敦厚"为与星期相左，则于生白见其实有相合者。盖星期之言理、事、情也，引其绪，必至生白之言胸襟。惟理、事、情之无不合，形之即其人之胸襟也。而归愚一眼觑定，直揭诗教，俾诗之与乎圣学之域、极乎性情之本，则星期之未能透彻、生白之但得皮相，具眼者自能见之矣。有清一代，论诗得沈归愚，论词得陈亦峰，真直指第一义者也。

甲午五月廿九

说诗晬语

清 沈德潜 撰

归愚论诗，可谓"有第一等襟抱、第一等学识"，无怪其《古诗源》《唐诗别裁集》流传数百年而不废。然以其言"诗之为道，可以理性情、善伦物、感鬼神、设教邦国、应对诸侯，用如此其重也"，近人遽以迂守视之，适见近世之浅薄耳。归愚之论，吾虽未敢云其兼备众善，然其取径之正固无所疑也。世之学诗者，或可由是而进耶？有此襟抱、学识之大，亦必有其品鉴之高。如言："二《南》，美文王之化也，然不著一修、齐、治、化字。冲澹愉夷，随兴而发，有知如归人，无知如物类，同际太和之盛，而相忘其所以然，是王风皞皞气象。"淡淡说来，却有他人多少见不到处。

甲午三月初八

归愚论诗，规模最阔大，举凡格调、法度、境界、声韵等，无不包涵，渔洋、覃谿，但知其一二端耳。惟轻出诸气质之性者，为随园所诤，然随园襟抱最下，宁足道？归愚最重诗之理性情，而时与汉儒善伦物之说相乱，近世以来遽以迂守视之。此固归愚之失，然亦恐诗体有以致之也。迨皋文出，始于词之儿女子言中窥见性情，因得摆落汉儒，免归愚之失，复堂所谓"向之未有得于诗者，今遂有得于词"也。近人并此亦呵之，则近人之陋耳，归愚、皋文何罪焉？

壬寅十二月初四

石洲诗话

清　翁方纲　撰

覃谿此书，历评唐宋元三朝诗，多自出胸臆语，于有宋一代论述尤精。有云："宋人精诣，全在刻抉入里。而皆从各自读书学古中来，所以不蹈袭唐人也。"此不但宋人诗之独擅处，亦覃谿自家著力处。"肌理"云者，其是之谓耶？然又言"此外亦更无留与后人再刻抉者"，盖与元人相较言者，覃谿之后清人岂无刻抉之余地哉！又云："盛唐诸公，全在境象超诣。所以司空表圣《二十四品》，及严仪卿以禅喻诗之说，诚为后人读唐诗之准的。若夫宋诗，则迟更二三百年，天地之精英，风月之态度，山川之气象，物类之神致，俱已为唐贤占尽，即有能者，不过次第翻新，无中生有，而其精诣，则固别有在者。宋人之学，全在研理日精，观书日富，因而论事日密。如熙宁、元祐一切用人行政，往往有史传所不及载，而于诸公赠答议论之章，略见其概。至如茶马、盐法、河渠、市货，一一皆可推析。南渡而后，如武林之遗事，汴土之旧闻，故老名臣之言行、学术，师承之绪论、渊源，莫不借诗以资考据。而其言之是非得失，与其声之贞淫正变，亦从可互按焉。"备论唐宋之不同，几于言出论定。覃谿之精研宋诗，其欲阮亭外别寻出路耶？然终能自树一帜，为同光之滥觞。乾嘉学人之为诗，要以覃谿为极则。

甲午六月初四

瓯北诗话　　　清 赵 翼 撰

瓯北以史家手眼论诗，甚有驾驭之便，盖其才学识能兼到也。然诗非史也，故其识时有偏处。如其一味求新，虽合俗子耳目，终非正论。瓯北之名句云："李杜诗篇万古传，至今已觉不新鲜。江山代有才人出，各领风骚数百年。"然李杜名篇常在人口，彼瓯北自此篇外，罕有传诵，果何如哉！其才学甚优，议论爽俊，益盛矜卓之气。虽晚岁慕古法先，究未能尽去也。

甲午三月初八

北江诗话

清　洪亮吉　撰

洪稚存直粗才耳。每事俱不十分用力，而无东坡之天分；下笔不能自休，而有白傅之浅俗。故余雅不喜其书也。《北江诗话》亦止如此。不意其论当时诗人，独能不随俗俯仰，颇有具眼之论。如言："蒋编修士铨诗，如剑侠入道，犹余杀机。翁阁学方纲诗，如博士解经，苦无心得。袁大令枚诗，如通天神狐，醉即露尾。赵兵备翼诗，如东方正谏，时杂诙谐。"数人者，乾嘉之名流也，稚存乃颇致讥诮，亦实中其弊。其余论梅村、阮亭、竹垞、归愚、樊榭诸语，皆能道着。盖其固小有才者，方其自信自负之时，昂昂言之，正有他人不敢言者在耳。此《诗话》又往往多旁涉之语，殊无关乎谈诗。然如言"藏书家有数等"一节，几成人人耳熟者矣。

甲午七月初六

昭昧詹言

清　方东树　撰

植之姬传之门人，桐城之正脉，而以文法论诗，每与归愚相合。盖诗之有格调说，即文之有桐城派也。所异者，植之较归愚尤重乎法。彼言"思积而满，乃有异观，溢出为奇"，"所谓满者，非意满、情满即景满，否则有得于古作家，文法变化满"。且夫文法变化者，桐城独有心得，植之移以言诗，自有会心，可补归愚之不及。清人诗学，得此一编，殊觉餍心。乃世论浅鄙，轻归愚，亦轻植之也。盖诸艺之悦人，本有多方。人之谈艺，知情景之悦人也，知技艺之悦人也，而不知刍豢之悦人也，不知理义之悦人也。不知刍豢之悦人也可，不知理义之悦人也则不可。何则？刍豢之悦，动乎眩惑，此无与乎化成也。理义之悦，本诸良知，此尤益于风教也。近世以来，人人视诸艺与风教如寇雠，谈艺者凡涉风教即以迂固视之。犹忆余海上负笈，言德性之美尚乎他美，老宿学者即以《一捧雪》之奴代主死为迂固，蔑余之言。嗟乎！世无知音，安得知归愚、植之哉！安得知归愚、植之哉！

甲午七月十四

艺 概

清 刘熙载 撰

融斋自谓"以概为言，非限于一曲也。盖得其大意，则小缺为无伤，且触类引伸，安知显缺者非即隐备者哉"，执简驭繁之意，岂有格致求理之思耶？然恐未堪此任也。每概前为辨章，后为商榷，颇眆舍人之《雕龙》。其品鉴优乎析理，亦略相眆。所析之理，殊乏内络，有综比而无统贯。盖吾国谈艺，能堪此任者固为罕遘也。融斋品鉴之精不让舍人，顾舍人犹在人意中，融斋每出人意外，或尤难得也。六概中，书概、经义概余所不谙，当以文概为最佳，词曲概为最次。虽复堂、蒿庵极力扬榷，余仍嫌其未窥词之意内而言外耳。

甲午二月二十

白雨斋词话

清　陈廷焯　撰

亦峰论词首重本原，盖尊常派也。茗柯后，常派论词厥推介存与亦峰，虽复堂犹不足并焉。介存言有寄托入无寄托出，亦峰言沉郁顿挫，皆衍茗柯"意内言外"之说，而皆知意不由闻见，不能尽乎言辞间也。张其说，当与圣学相表里，岂区区限之于小词间耶？茗柯高门墙，二子拓规模，介存思精，亦峰体大，复旁求浙派，钩沉湮鄙，词艺之所能至者，无不及之，求集大成者，于是乎在。惜乎年仅四十，夭于义诊，其时彊村尚未专精填词也。天假之年，晚清诸老不必能掩之，而论思力之深，固视静安如小儿耳。岂不惜哉！岂不惜哉！

庚子正月廿一

人间词话

王国维　撰

方静安之撰《人间词话》也，值词学鼎盛之际，而其人决非能出类拔萃者。夔笙也，亦峰也，骎骎乎非静安可企也。世易时移，风俗竟变，彼先进者顿颓其声，而静安忽擅大名矣。此世间事之最不可晓者。试平心思之。彼言境界，影响之谈耳；言不隔，盲瞽之说耳；崇五代北宋，一隅之蔽耳。虽能解中主之美人迟暮、正中之深美闳约，而不能知皋文之门墙自高，正不具介存之只眼，能以叔氏之学推尊后主，而后主词非最上乘，亦不及亦峰之识力。船山之论陈思也，曰"其父篡位，其子篡名"，静安其无免

乎"篡名"之讥耶? 盛年自沉, 其报之速耶? 而其"篡名"之由,
恐不在其能以西人之学为词学, 实在乎世之既弃旧学, 中无所主,
纷骛新说, 而静安得逢迎其会也。虽然, 静安非能竟舍旧学者,
而己乃为之忮, 岂其意哉! 岂其意哉! 吾知其盛年自沉, 必有不
胜其苦者在, 而世无解人矣。

甲午五月十六

中国中古文学史·论文杂记　　　　刘师培　撰

刘氏此讲义撮钞旧文, 稍事排比, 汉魏六朝间文学之常谈者咸
能一一循其源。虽亦间下数语, 自综括精炼者外, 多无足观。
盖刘氏征实是其长, 品鉴则是其短也。又每以所长没其所短, 遂
至自囿于一偏之得耳。其《论文杂记》, 同一弊暗。斤斤乎一字
之本义, 而谓后来习用之义为不知言, 其不知变者耶? 其书矜言
"文"之本义, 则韩、柳之文实为"笔", 遂视之蔑如, 至欲更"古
文"为"杂著"之名, 不有刻舟之愚耶? 少年气盛, 品鉴多妄。
如谓韩李欧曾为儒家之文, 子厚为名家之文, 明允为兵家之文,
子瞻为纵横家之文, 介甫为法家之文, 直是信口开河, 曾揣龠
者之不若, 而谓为才子耶?

甲午七月初五

唐诗三百首集联　　丁　仁　撰

对仗之工，钱默存曰："律体之有对仗，乃撮合语言，配成眷属。愈能使不类为类，愈见诗人心手之妙。譬如秦晋世寻干戈，竟结婚姻；胡越天限南北，可为肝胆。"夫集句为联，则使秦晋胡越愈隔，其配成也愈工。其集句皆熟所能详，而忽然成对，其工又愈。是唐诗三百首集联，其工当两倍于对仗也。然丁辅之此书不能造此。盖其工稳者不足五之一，余皆泛泛漫与耳。唐诗五七言，句法既简，偶合则多，丁氏似力有未专，抑或才有所限也。取《香屑》《蕃锦》，稍加比观，可知矣。

己亥七月初十

唐前志怪小说辑释　　李剑国　辑释

吾国诗文，言志说理，眇涉眩惑。然人生而有气质，非尽可以义理夺之也。气质之欲，有不能已者，发之为小说家言。志人志怪，理胥同也，要以愉悦耸动为旨，最下者乃至于淫邪。故向不之贵，蔑以厕上。及西人学行，用彼衡量，始为人重，周树人辈实所启之。然吾国思理，罕申诸小说家言，固不能与西人争价也。虽余素喜读之，反躬之际，亦知不过堕于好奇耳。或有寓报应之教于其中者，事如非奇，理必可厌，非其体也。而色授魂与，忽然不见，惆怅之际，潜动人怀者，可谓合作，盖情之愉也。又其属辞之雅，颇尚其格，故较白话说部稍近著作之林。

丙申年三月廿七

唐人小说　　　　　　　　汪辟疆　校录

其书简择校录，旧称精审，故流布甚广；坊间时时遇之，然未尝读也。近以三上之余暇，从容读之，亦阅月矣。大抵吾国说部，多源于史，因时见掌故旧闻点缀穿插，然止用为增饰，而非征信。所以有秦汉上人乃为五七言近体之事，固非所虑也。大仲马之言曰，史者，所以悬吾之说部也。其意颇似。而吾国说部，每忘史鉴，徒用文字为冶容，坠顽艳于哀感，究不若西人之磊落铁崎。偶有拔出流俗之外者，若《水浒》之悲忠义者进退维谷,《聊斋》之借妖邪辈扶持斯世，固不多觏。而余犹憾《红楼》之萎顿，新体之生硬，是以雅不喜读吾国说部尔。

甲午四月初六

聊斋志异

清　蒲松龄　撰

予每读是书，不觉心醉，盖其文之雅洁也，其叙事之委曲也，其神之艳冶也，典不失畅，靡不至俚，几合左氏与唐传奇于一手，天才之作也。元明而下，弥近俗情，虽其言之文，其意已变古矣。故言乎男女之际，不必情之挚，才之俊，惟其色而淫，狎以亵，虽礼教之废，亦血气之全也。嗟夫，世以天理遏人欲，此独坦荡以言欲，不假乎《牡丹亭》传奇之才色相乱，留仙过义仍矣。特皆以文之近古，忘意之趋新耳。

己亥六月初六

清平山堂话本

明　洪　楩　辑

世称此书，为其存宋元话本旧观也。于是多方考据，自版本、流传、文字、源流，俨若成学。及读其文，徒赚市井白丁之嬉笑者耳。不过前世之陈迹，乃以好古之癖，倾学士心力，为凡夫舐痔，噫，学术之卑，至于此极乎？古人志圣贤、游文艺，今人卑之，而甘舐痔，其言曰：虽秽物，可以成学术也。予将以学术为辱矣。必使先读西人说部，然后授此读之，郑重告之曰："此秽物也。"果有志于学，其先识此乎？

己亥六月十六

水浒传

明　施耐庵　撰

读《水浒》评本最不解者，无过责宋江也。容与、贯华，皆非无识辈，何先后一辞若是耶？责宋江，牵连至于吴用，是二人下一百余辈无一有识者矣，可谓之豪杰乎？施氏著书之旨安在？予谓《水浒》最精处，政在形宋江之首鼠。盖进不能治平，退不能隐忍，失措之人，处无据之世，为一百单八人虑，不为一身虑，势不得不为两端也。哀之犹不及，而责之乎？后来者不责其反，复责其招安，同不恤其难也。必见其进不必治平，始知宋江虑之深远矣。不然，置股掌间者，岂一百余辈之豪杰？必天下之豪杰也。将谓宋江仁耶？伪耶？施氏著书之旨既昧，虽锦其心绣其口，所评又安在其能服吾人之口也！

戊戌十一月廿六

不读七十回后，不知宋江之艰难；不知宋江之艰难，不必读《水浒传》也。朝堂之奸，田、王、方腊之恶，益见一百八人自处之窘，而外患不与焉。金圣叹腰斩之，何心耶？或曰：无文也。曰：此话本之耳。七十回后固无文，七十回前必有文耶？参差互见，不得以是为词。盖《水浒》自写宋江艰难外，实罕精绝处。金氏特言叙事之法，称无可称耳。谓之话本之雄也可，谓之文学之进也，令西人掩口矣。灭七十回后之文，金氏死所以有余辜也。

戊戌十二月初三

三国演义

明　罗贯中　撰

《三国演义》，思不及《水浒传》，趣不及《西游记》，理不及《红楼梦》，而最宜无事时闲听也。无所用其心，亦无用深其理，甚乃无用盈其趣，无适焉，而境生。所以氍毹之上，往往睹之。至皮黄兴，全移其境于音声间，推而遂造吾国戏曲之极矣。故讲史与戏曲，辗转相生，理固一也。以西人义趣衡之，《三国演义》为最劣，而其佳处亦遂为所掩矣。虽然，游戏之佳耳，掩之不足憾。

己亥正月廿六

西游记

明　吴承恩　撰

吾不知《西游记》将欲何言也，殆徒为谈笑解颐耶？金庸辈胥如此耳，而《西游记》尤下焉。盖书必杂纂而成者，或滑稽，或烂漫，或庄，或谐，文体亦或平话，或词话，乱头粗服，不见国色。其佳处，惟善说故事，外此更无用意，是街巷之欢耳。吾之国人，上扬《西游》，下嗜金庸，千载一时之观，而吾所不忍视者。

己亥正月初六

金瓶梅词话

明 兰陵 笑笑生 撰

素闻《金瓶梅》秽书也，历朝禁之。及读毕，废书叹曰："是书之罪，非秽之为罪也，假辞耳。"盖历朝必有权贵，权贵必有独享，食色之事，谁多问哉？文王百子，群辟鼎食，不当然耶？西门庆辈，亦无滔天之大恶，而权柄一旦为贱者所窥，贵者忌矣，以为万恶，所以历朝必禁之。言其秽，假辞耳，《痴婆子传》《灯草和尚》不更秽耶？何为不若是之严禁？一言其秽，遂杜人口，其隐得肆行焉。

戊戌十二月十三

红楼梦

清 曹雪芹 撰

《红楼梦》，名过其实之书也。传奇之典丽，话本之洞达，错综其间，遂眩人神色矣。传奇自唐前以来，极摹欢盛，顿嗟衰败，文之典，情之丽，自为一种格调。《红楼梦》以白话变化，诗赋点染，戚蓼生所谓"写闺房则极其雍肃也，而艳冶已满纸矣；状阃阅则极其丰整也，而式微已盈睫矣"。话本达人情之微，洞世事之明，极俗若朴，小智成险。《红楼梦》和之以雍容，矫之以天真，俭不失其丰，浊不失其清，正邪之际，真幻之间，翩然得其宜矣。外此虽有所见者，亦读者之何必不然耳。不若西人说部，运思实深，昭昭理在，尚惜人之不能识，安有余地容读者逞无干之臆想耶？

读脂评之所揭，不过言笔法、泄本事，益见之矣。

戊戌十月初十

一捧雪　　　清　李　玉　撰

昆腔之较皮黄，其技神乎戏本，而非声腔也。以文辞，皮黄之俗不待言；以摹画，皮黄之陋犹是也。今以此戏言，皮黄中汤勤之毒、严世蕃之狠，殊非人情，昆腔中则加缓和矣。盖其毒狠，形势之迫、莫怀古之不诚，有以激之也。于是莫诚、雪娘之感泣愈深矣。反复玩味之际，岂皮黄直截简陋足胜者乎？而戏本加密矣，声腔又加严矣，伶人乃无所措其技矣。必有皮黄为之摆落，伶人始为主而戏本为宾，技斯神乎声腔也。

丁酉三月初六

瓶笙馆修箫谱　　　清　舒　位　撰

舒铁云以诗名乾隆间，年辈晚于袁、蒋、赵，而才气雋上，直可压倒。不图得此杂剧四种，惊为奇作。曲白俱佳，辞采不输临川，运用故实处，尤觉过之。搬演故事，皆俗子耳熟能详者，变化古典，又皆无生僻者，特一经铁云撮合，自饶奇气。临川之后，别开一境界矣。郑西谛辈，诋为案头本子，盖无识者。其文雅，然用语熟，亦士人之本色也，谁谓必市井始为本色耶？因其熟而生新巧，此铁云之擅场，而杂剧之进境。哭庵诗境，与此最近，然未敢必其出于此也。

辛丑十一月初八

秦云撷英小谱

清　严长明
曹仁虎

钱　坫　撰

严、曹、钱三氏，均乾隆间名宦，所以此游戏笔墨，犹得兰泉为之序而郎园为之重刊也。曹氏固与兰泉等同列吴中七子。藉彼名宦，得存秦中旧曲之鸿爪，令后人差堪仿佛一二。然彼等文士究于花部乱弹不甚经心，所论尽多悬测，已为郎园所讥矣。而余幼生古长安，于书中所述地名熟焉能详，阅之转成亲切也。

甲午正月廿四

燕兰小谱

清　吴长元　撰

吴氏以著《宸垣识略》知名，此《燕兰小谱》亦识宸垣之掌故也。是书乾隆乙巳冬刻，其时昆腔渐微而梆子趋盛，可于书中略窥消息。然秦腔为独盛，尚无徽班也。皮黄素以须生为正宗，慷慨苍劲，故能以是突过昆腔。及晚近世风堕于柔靡，而畹华辈逢迎际会，且角始竞一日之长矣。不意乾隆之叔世，文士竞相品艳者，男旦也。不惟雅部，花部亦尔。将其时梆子犹习染乎昆腔耶？抑升平日久而世竞奢靡耶？跋云"欲挽淫靡而归于雅正"，强颜之语耳，殊未见作者讽诫之诚。其诗更卑卑无足道，跋以"神韵直逼渔洋"许之，谀辞之尤者。余固非恶其香艳也，持比王次回之《疑雨》《疑云》，高下当自见矣。

甲午五月二十

梅兰芳全集　　　　傅　谨　主编

名伶全集编辑之法有二：通文字及搬演曲本曲谱者，冀版是也，然殊简略，不及周信芳全集之浩繁；但文字者，京版是也，此则当前最完之本，体例较优，误字稍减耳。名伶文字，或出转述，或出代笔，自写者实眇。而特怪畹华诗笔，前后罕有参差，或非尽出代笔，不意居然合矩，远逾今日教授，是吾侪竟不如优伶矣。集中应酬文字颇多，谈艺往往简略难晓，虽论王凤卿、刘宝全诸篇颇可观玩，终有好处时一遭之慨。佳者惟在《舞台生活四十年》及《电影生活》二书，以畹华声望位置，所言掌故旧闻，颇足资考鉴也。余尤赏《四十年》中所论旧剧源流及名伶风神者，惜原篇因畹华之卒而中斩，徒呼负负而已。

丁酉五月廿三

中国文学史　现代中国文学史

钱基博　著

钱子泉文学史名最著。岳麓重刊《现代中国文学史》，世始复知新文学外，现代文学尚别有名家在焉。今之留意近代旧文学者，多因读是书也。予年未及二十，读某辈文学史，后每忆及，辄欲作呕。殆中华印行钱氏《中国文学史》，读之始大快，常置手边不去。子泉于现代卷专力尤深，古代卷则大逊其详实中肯也。然其读书博，解悟强，他人所论，菁华往往采撷遍在，史之为通识用，固佳制也。至其独擅处，厥在古文，论宋人以下，多有一家之言，又不仅为通识用也。

庚子正月初一

陈寅恪文集之一——寒柳堂集

陈寅恪　著

《论再生缘》，陈氏晚岁文也，相涉者不过数语耳，辗转汲引，居然周备。此非老境纯熟，殊未易至，必自得意，故使为压卷尔。然陈氏才止此，谓其微讽，而微讽无此体也。即其论《再生缘》思想、结构、文词，不过生员作文伎俩，厕之其间，正可笑耳。声誉之隆，适征时世之颓耶？末附其诗，用意极深，而出为瘦辞用事极典，而居然鄙体。殆才之限，学与识不足辅也。每诵魏文"在父兄不能传之子弟"，为之三叹。

庚子闰四月十二

陈寅恪文集之二——金明馆丛稿初编   陈寅恪 著

陈氏固善读书，而赋性勾棘穿凿，偶得之见，必一以贯之，遂为荒唐，此集是也。言诸史事，残文断篇之余，无足发其谬。而谈艺、论道，虽愚者可以辨，竟为其虚名掩矣。执天师道、立新自然说以诬陶潜，则陶诗徒成一白，不复具七彩。必用禅学于韩愈，形上者遂堕见闻中，后来众口同一咻，且用之宋儒，儒佛两失矣。然能即事论事，不多张皇，犹史学之逸才也。若《读哀江南赋》所言二事，不足为拔萃之征耶？惜哉。

庚子五月初七

陈寅恪文集之三——金明馆丛稿二编   陈寅恪 著

陈氏善识小，不善识大，此编是也。文多小节，而以缚兔之全力为之，浅者遂惊异诧叹不已。不知一涉大体，全成瞽谈。论六祖法偈，不识身亦有真妄之别，以为辞滞，实自家之理滞耳。尤可怪者，论李唐先世本为汉族，渐染胡俗，此固足为说，而忽然云："盖取塞外野蛮精悍之血，注入中原文化颓废之躯，旧染既除，新机重启，扩大恢张，遂能别创空前之世局。"孩童异想，如是尔尔。吾见善识小不善识大者，而不善至于愚呆者，陈氏一人耳。

庚子六月初三

陈寅恪文集之四——隋唐制度渊源略论稿

陈寅恪　著

是书言隋唐制度渊源，厥有三端，曰魏齐，曰梁陈，曰魏周。尤以魏周一端，多为学者所忽焉。故征诸史料，略论原委。然所论但征事实，罕求理据，既乏钱宾四之洞见，又逊吕诚之之恢弘，殊失所望。惟附论云："往日读史笔记及鸠集之资料等悉已散失，然今以随顺世缘故，不能不有所撰述，乃勉强于忧患疾病之中，故就一时理解记忆之所及，草率写成此书。"颇得公子哥学术之情态。盖读书为消遣，著述成俗务也。读陈氏此言，且赞且诚焉。

丁酉正月廿七

陈寅恪文集之五——唐代政治史述论稿

陈寅恪　著

所读陈氏书中，惟此书较惬人意，盖于唐代政治史之大略能窥隐秘焉。上篇衍《隋唐制度渊源略论稿》之一绪，而于北军之重深致意也；中篇论党争，能得源委曲折；下篇论外患，循外族盛衰之势。皆读史有得语也。或陈氏父祖均与政事，熏染之间，虽公子哥为学，亦能察几微欤？顾但窥几势，终昧常道，高妙未穷，转矜术数。夫极微之系者偶在，学问之存者常理，则陈氏去学问，或尚隔一间欤？亦慨乎其高名之骤得也。每读陈氏书，益令我思吕诚之不置。

丁酉二月十七　庚子七月初三补写

陈寅恪文集之六——元白诗笺证稿　陈寅恪　著

陈氏所笺证，能以制度渊源、政治史述所论荦荦大者，摄诸丛脞语，故必晓其旨略，不但津津于史料之排比也。其书固非谈诗，要在以元白之诗上窥中唐之世。征实者自多，臆测者亦不乏，证史之外兼以悬推之游戏耳。《柳如是别传》者，即由是变本而加厉。而陈氏为诗，伎俩亦尽在是。擅其偏至之一端，瞻顾自雄，每著评骘，不啻揣龠扪象。诗有别才，不信然耶？

丁酉三月廿七

是书证史之外兼以悬推之游戏，固然。征实确较多，臆测偶然不免耳。前论过苛。与《唐代政治史述论稿》《论再生缘》，为陈氏最佳之作。

庚子八月十六

陈寅恪文集之七——柳如是别传

陈寅恪 著

陈氏晚年"著书唯剩颂红妆",《论再生缘》与是书也。是书末有偈云"述事言情,悯生悲死",门面语耳。特怪世人信之,腾誉中外,域中善其独行,海外臆其隐喻。然独行若此,恐耽玩物,隐喻于斯,徒成射覆。而天下震其高名,嗫不敢非,耳食既久,定谳难移矣。盖旧闻佚史中,女子事迹固较男子为少,陈氏强识博闻之学,辅以刻求周纳之才,适足尽其用,眩其智。偈所云"刺刺不休,沾沾自喜",则发言之诚也。故谓为考信,吾则未信,衍而为说部,殊可期之才士。"忽庄忽谐,亦文亦史",殆亦所自负者欤?则其识,不过牟宗三所讥之"公子哥"耳。世人为之颠倒,正令陈氏窃笑之不能自已也。

庚子十月十五

顾随文集

顾 随 著

廿年前读先生书,振聋发聩者,《东坡稼轩词说》《揣龠录》也。今亦犹是也,而《揣龠录》觉稍憾焉。其诗也,词也,杂剧也,憾尤深焉。读先生《东坡稼轩词说》,见其眼界矣,其诗也,词也,杂剧也,固不应无眼界也。然而不见其精妙者,徒以不避俚言耳。此殆新世浅俗浇薄之风,为周树人辈所鼓荡者,而先生误入其彀中矣。盖吾国诗古文辞之精妙,兼乎文字内外,一偏而俱废矣。

惟词曲尚能以参差之句法别饶姿态，故乍视之觉胜乎诗，熟视之亦同乎平平也。若词每学静安"人间总是堪疑处，唯有兹疑不可疑"句法，而倔强之态殊非入微之思也。憾之又憾者，己丑后所作也。品既凡，才亦不卓矣。每读至此，为之长太息者再三。

戊戌九月十二

顾随全集

顾　随　著

先生上堂语录，迦陵师录藏之四十年，之京师叔董理之三十年，今得流布天下，不幸而幸也。不幸者，先生述作既少，晚年又为形势所牵，其学未尽传也。幸留此语录，挽坠绪于一线。上堂之际，必致匆遽，见独未免蔽同，矫枉而或过正，虽至性可喜，而吹求堪虑也。贵乎见其内而遗其外，得其精而忘其粗，要在读者自识之耳。迦陵师颇有独见之论，实从先生讲说变化来之。师留此录，不没祖述，足征渊源，学为公器，于斯见之矣。

戊戌九月廿二

顾随稼轩词说稿本　　　　顾　随　著并书

说诗之作，今鄙为泛教育之术，不与乎学术也。然读此书，学术斯在下矣。苦水先生不独善读稼轩之词，尤善写其说。如读"稻花香里说丰年，听取蛙声一片"，云："真乃鼓腹讴歌，且忘帝力于何有，千秋之盛事，而众生之大乐也。"直是匪夷所思，复又入情入理。如说《贺新郎》"赋琵琶"，只借狮子滚绣球一喻，其说亦直似滚尽绣球时，变化莫得测焉。今竞相讴歌之著述，持较先生此作，不但愧死，真觉学术如逆水行舟矣。先生书妙通神，以约六百金购此书，初不为读之也。今编辑先生说词之作，始逐字勘校，颇有所获。后来刊行之稿，实有误字，数次翻印竟以缪传。稼轩"浑未办黄柑荐酒"，办字误辨，居然未改，亦异矣。或亦有先生自校之疏漏，如云"所谓作文须有高致者"，脱"所谓"二字则不文，恐抄手误夺，先生未以原稿校对，匆匆致脱，后来遂相仍耳。对此稿本，遂生栩栩如面之感，不仅其书之工也。

己亥六月十四

余嘉锡文史论集　　　　余嘉锡　著

余素不娴考据，读其三篇耳。方读太史公《日者列传》，喜其滑稽慢世，虽非史体，意必史公发愤所为者，遂检《太史公书亡篇考》。

少年读说部，杨家将故事固最习知者，读其《考信录》，连及《宋江三十六人考实》，大叹赏。盖信史易征，小说难详，而互通叠证，居然可信，神乎技矣。其文体与陈寅恪氏近，排比史料，复加辨正，而持论甚正，不见附会，殊过陈氏。陈氏学不必不如余氏，其才偏，盖禀赋事固不可勉，其识卑，则药不能医矣，世争崇之，则世之偷也。

庚子四月廿七

谈艺录　　　　　钱钟书　著

人皆能知默存之浩博也，而不尽知其独见；或能知其独见也，又罕能知其思力。读默存书愈久，所悟乃愈多，虽一时不能知之，无奈乎千秋万代后知之也。所以吾常言，默存名与陈寅恪埒，而陈氏名浮于实，默存名尚沉实下也。顾默存不屑屑于论文体，浅者莫能识，每讥其思无统系，文非学术，而彼岂真知统系学术耶？默存所稍憾者，不在其思之无统系，而在不能尽纳他说于统系之下耳。身非论师，固不能强也。然博识多闻，妙悟慧解，殊非琐琐勾稽者、卑卑检索者得望其项背。试取书中补笺山谷、荆公、遗山诗诸篇读之，今之笺注者何尝梦到耶？况其古文辞，渊雅以间滑稽，独学而能名家，娱心启颜，何用乎彼论文体也！

丁酉三月十四

管锥编　　钱钟书 著

默存攻西人学术，应俗事也，耽学术之趣，遣人生之兴，其本怀也。故不为论文体，非不能也，鄙之也。肆其兴趣于典籍，无择焉，庄而经，谐而说部，尚何择乎中学西学耶？此编所论诸书，徒悬其名耳，胸中妙趣一一借之发挥，贵在读者之会心也。以为乾嘉学之新变，固是徒见骊黄牝牡，以为无统系无识见，则直是无目矣。然默存过之，必去尽学术之相，见之卓不能转深，彼自不屑为论师，亦终不能为论师也。徒见骊黄牝牡者，无目者，安能解此？肆其蚍蜉之力，将能撼大树耶？吾见其身与名俱废尔。

辛丑五月廿五

七缀集　　钱钟书 著

是集名"缀"，实非缀也。《诗可以怨》，言快适也；《通感》，觌视之也；《中国诗与中国画》，言境也；《读拉奥孔》，快适与境之际也。译论三篇，必及乎法，尤以论琴南者最切。予论迻译，亦求此法也，而初未步趋之。快适也，法也，境也，增乎德，美学之大端在矣。默存惟不及德，固囿于五四以来之时也。于以见默存所识者大，讥其小者，自小耳。枵然张皇而自大，毋乃痿者之壮耶？今日学术之病，如是已。

辛丑六月十五

宋诗选注

钱钟书　著

钱公论学诸作，惟是书不能多许，以从俗也，然吾不欲责钱公。同时诸名家，虽超卓如羡季先生，作新文体皆极劣，钱公已为杰出矣。盖每于小处别出精彩，兼之口角风生，使人忘其大端之从俗焉。钱公转得其乐于中，书似为白丁作，趣皆待知者会尔。

辛丑六月廿四

人·兽·鬼

钱钟书　著

钱公之刻薄，不在其讽，在其不思善也。此四篇如是，《围城》亦如是。巴尔扎克写极恶事，必有善焉。钱公写极平常事，无非恶焉。故极其博学巧思，不足为说部也。

辛丑七月初五

围　城

钱钟书　著

虽天才之创造，必待取资，说部家所以贵乎实事也。故其书出，射覆者纷纷。吾固知其别裁有术焉，然惜其不能立意。巴尔扎克《皮罗托盛衰》写一小商人耳，一善念相付，遽成辉煌。钱公不识此也。极阿里斯托芬之才，不可为杂剧，钱公故能为说部耶？

辛丑七月初五

洗澡之后

杨绛 著

小说家言之不可信，于兹复得一证。杨先生固知人言不足畏者，吾书岂能为嚣嚣之口所毁耶？而殷殷恐吾书中之人为所毁，岂老悖之忧耶？抑顾左右之词耶？凿凿言吾书中之人靡有他也，而男幸其变，女持其成，是尚可以邀人之信耶？新婚燕尔之际，恐旧人所出之女为累，转累诸伯母之女，是书中之人岂不已为吾所自毁耶？不知百岁之耄耶？抑别有怀抱耶？虽信言吾书已不容人续，而吾自续之若此，恐为之续者更将不绝矣。

甲午八月十六

王国维及其文学批评

叶嘉莹 著

先生之专著，惟此与《杜甫秋兴八首集说》，它皆论文也。而此书之结撰，亦先之以论文，后乃弥缝以成。书凡二编，一述王氏之生平，一述其文学批评。先生家世有遗民之抱，又生值新旧之际，故于王氏生平实深感慨，所言体贴入微，而得人之所同许也。然王氏之文学批评，多参叔本华氏之说，先生于此所知但影响之间耳，故难中其肯綮，实有所憾。其大者，不能知叔氏与康德之渊源，乃于"反功利"与"静观"之间失其料简矣。其小者不胜枚举，聊示其一。德人之言形式也，所对者质料，非内容也。先生不能辨此，则所论不相及矣。初版原附论文数篇，皆关乎王氏之说者，然于此书之旨实为游离，新版削之是也。若因《人间词话》论温韦冯李词者，置之《论词丛稿》中则弥见精彩，附之此则未见所宜也。后叙为先生为学之自述，亟需详读。新版补跋，则与前编相表里者也。

乙未年四月十三

杜甫秋兴八首集说　　　叶嘉莹　撰

先生之辑是书，非搜罗之难，案断之尤难也。盖《秋兴》之解也不易，就其浅则恐疏，就其深则恐泥，说之者殊异其辞。而考证之歧无论焉。先生逐条审之，判其得失，罕有不能服人心者。从而下案断之语，即能餍心切理。故集诸说，非但獭祭耳，觉一一助我得考证之微，会诗心之在。谓前无古人，非谀辞也。顾读之者惧其繁难，罕能深入。是书先在台港印行，未施新式标点，自上海古籍版始施之，舛误实多。后来诸版，一一相沿。知刊书者未细读，而读书者亦忽之也。

乙未年六月初三

迦陵论诗丛稿

叶嘉莹　著

先生《论诗丛稿》，新版所增益者三篇，论吟诵、旧诗传统、谢柳诗也。然后二篇已见广东版《中国古典诗歌评论集》，惟论旧诗传统之题名为异耳。不知旧版何事遗之。此先生早期论诗文，固与其时之论词文无大异也。后先生得缪公之约，作《灵谿》诸论，始专力词学矣。此时之遭欤？亦性之近欤？未易言也。而先生诗学之精深，实不逊其词学，顾所作仅此卷，堪为叹息尔。

乙未年五月初三

灵谿词说

缪　钺
叶嘉莹　著

先生词论之单篇，论温、韦、冯、李，论大晏，论梦窗、碧山，固已极精微，似犹未及此书之卓绝也。盖欲通观唐宋一代词史，格局之恢张，必致议论之纵横，精微而外，气象尤大。于温、韦、冯、李、大晏之后，添出欧阳永叔之论，遂使唐五代宋初词风之流衍几无剩义矣。昂昂苏、辛之论，于词风之变亦已穷极矣。溢为小晏、秦郎之论，又于词风之迁溯尽其观览矣。然余稍有憾焉。先生通观之识固重欧晏苏辛者，其论耆卿也易，论美成也刻，转不若论梦窗、碧山之允当。此盖先为静安所惑，后虽能自拔，而每每于不觉中潜为所移也。故但视梦窗、碧山，尚能平心，一以通观之眼目，与欧晏苏辛较衡，即故抑耆卿、美成矣。遂令周姜一脉词风未至昭彰，此读《灵谿》书者，所不得不知者也。

乙未年三月十七

迦陵论词丛稿　　叶嘉莹　著

先生早年词论之单篇，论温、韦、冯、李，论大晏，论梦窗、碧山，初无撰述之统系，杂汇为一编耳。后专力作《灵谿》诸论、清词诸论、新诠诸论，统系稍全，声望逾隆。而此编自有精微动人处，读者不废，屡版未绝。后先生以卧子之拒不降清，不置之清词诸论中而置之此，遂成新版。余犹惜其有零圭断璧之恨，拟重汇先生之词学文集，使俱在统系之内。先以历代词人之专论，名篇词例之选说附焉；次以历代词学之专论；殿以先生词学之新诠。而以先生演说之稿补其阙也。

乙未年三月二十

清词丛论　　叶嘉莹　著

先生之专意论清词，盖肇自《词学古今谈》，得论卧子、纳兰、静安三篇。复有论竹垞艳词、论茗柯《水调歌头》凡二篇。此五篇后无作矣。五篇之佳处，与《灵谿》诸论同。而尤进者，唐宋人词所论者多，尚堪凭藉，而清人词所论者少，直见先生之一空依傍处也。余每读其论，未尝不三咨嗟焉，以为不可及。稍有憾者，先生其时正用美利坚人所喜匠技之术自铸说词之范型，每每著于篇中，偶一为之犹可，再三则厌矣。幸先生识力自有卓绝处，未为大累也。而犹有大憾焉。时先生已为盛名所累，游衍毋绝，不复能专力作论，遂于有清一代词史之通观，付诸阙如。乃以说浙西、常州、静安之词论者，及一二演说之稿，聊足一编以塞责耳。先生老矣，恐无能续作焉。吾知后人读五篇竟，必怅怅恨无五篇之外者。后无来者，恐致有清一代作者，竟为沉埋。诚如是也，痛何如哉！痛何如哉！

乙未年三月二十

词学新诠

叶嘉莹　著

先生早年论词之作，若《温庭筠词概说》诸篇，及夫《灵谿词说》中诸说，胥未暇引述西人谈艺之论，自然精确不移。逮《灵谿词说》成，先生始刻意引述之，即此书中诸篇是。今平心读之，为说诚巧，而精确不移处未必在此也。何则？先生于西学本非所长，所刺取彼谈艺之论，特美利坚人所喜匠技之术耳。用以为法，亦未始不能善其事。然技之为物也，有所彰必有所蔽。故善巧之余，嫌局促不大气耳。此北美之学术，于先生也，成败所难言哉！然俗学眩惑，于此津津谈之，是知解人正不易得。吾非谓西人之学不可引述，若王静安氏，所述叔本华之学，诚非正轨，何尝局促耶？是知常州诸老说词，尊同礼乐，叩以比兴，著着眼于大也。先生以逢时之心为此，谓其学术之自我坎陷则可，谓其学术之卓然者则不可。余深欲读先生书者，知所择也。

乙未二月廿四

迦陵诗词稿

叶嘉莹 撰

先生之为吟咏也，颇与余似。盖二十之前可云好，其后廿年间几无所作，逮四十后复为之也。廿年吟咏之废，在先生则困于生，在我则困于学也。彼时先生初到台峤，忧患未绝，固无暇为无病之呻吟。及声华渐起，无忧生之累，遂兴吟写之乐矣。感发过于戚怨，酬和至于寒暄，瑕瑜交互见之。余则初慕圣贤之学，不屑雕虫之技，学道而妨作文矣。及四十无闻，遂至放诞，以吟写为消遣耳。此似而不似也。然天下事多有不可解者。于先生之说诗，我固有针芥之合，而于先生之诗，我终未能入也。或先生诗重在意，于文辞之工反凌而上之，而我但得糠秕，不能辨牝牡玄黄之外也。

乙未年五月十四

迦陵杂文集

叶嘉莹 著

先生应酬、序跋诸文字，都为此集，然编撰殊未善也。尤以其次序之凌乱，最为可议。在先生，固年高不暇为此琐事，而刊书者竟不置一词耶！先生尚有《我看艳阳天》《浩然访问记》二篇，不见著作集中。虽论者有异词，毕竟先生着力之作，不宜阙之。倘将此集中言及现代之文学者，并此二篇，约十万余言，别为一集，署曰"迦陵新文学论集"，或其宜也。余篇重为编次增补，印为新版，尤所望焉。

乙未年五月十二

叶嘉莹说汉魏六朝诗

叶嘉莹 著

此先生八十年代不列颠哥伦比亚大学之讲录也。所用教材或即戴君仁先生之《诗选》，故略具史之备也。其时先生得缪钺先生之约，撰《灵谿词说》，论之文庶已具史之备矣。故《唐宋词十七讲》不录出，无伤也。而先生论诗之文，终未能得具史之备，是此讲录转可宝爱，尤胜《唐宋词十七讲》也。汉魏六朝后，犹有唐诗之讲录，合此则不啻先生说诗之"十七讲"。而世人未若彼之重也。盖亦有故，先生讲此以学期为限，始则纵横捭阖，及至学期将终，乃仓促收束，虎头蛇尾之憾实未容讳。如讲汉魏六朝诗，至谢灵运即戛然止，后之名家不少，均付阙如，所深恨也。

乙未年五月初十

阮籍咏怀诗讲录

叶嘉莹 著

此先生台湾教育电台大学国文课之讲录也。所讲阮氏《咏怀》诗十七首，即《昭明文选》所录者。时在六十年代，彼间所习者如是，而此间所习者又何如也！当日昂藏之士何在？逮夫道丧学绝，今日振振者皆是矣。悲夫！士之偷也，竟缘何事？阮氏《咏怀》之难讲也，不在笺释之难，亦不在附会之难。其难，得夫诗人之悲慨也。先生之讲此十七首，先述诗意，继论诸家附会之说，而诗人之悲慨即于其间彰见之。然此讲于电台之静室，转失讲堂之应和，故未若讲《饮酒》时之从容条畅也。

乙未年五月初十

叶嘉莹说陶渊明饮酒及拟古诗

叶嘉莹 著

余从先生游十数年矣，以为于先生之学莫不知，乃不复留意。近读陶诗以遣校书之劳，时有所惑，检出先生此册求解，可谓"是咨无不塞"也。时时废书慨叹，以为于诗心之得，终不可及先生。盖先生读诗，一空依傍，独与诗人之精神相往来，所造实深。浅识如余，岂得尽知先生之学耶？先生说《饮酒》，拈出序中

"偶有名酒"一句，与其九"尚同"之劝、其十八"伐国"之咨映带，陶公真意无得而隐矣。他人多方揣测，虽有所合，终乏先生之直截。说《拟古》，止就陶公素抱一一指示，较之他人百计穿凿所得者，殊无欠处。如非善读诗者，于此精思，虽谆谆训之，亦无以得也。

甲午十月十一

叶嘉莹说初盛唐诗　　叶嘉莹　著

先生说词久负盛名，其实说诗亦卓荦不群，惜人未暇知也。若言子桓子建之优劣，彦和、船山固已发之，而先生缕析详解，尤觉餍心。言傅休奕之乐府，有小词之微言相感，他人未尝道。言王摩诘之有转不若孟襄阳处，岑嘉州之有转不若高常侍处，则于盛唐诗史之真知，实有发覆之效。而先生最为心赏之陶公、杜公与义山毋论焉。故先生说诗之讲录，可补著述之不足，平心读之，所获当尤多也。

乙未年五月十二

叶嘉莹说杜甫诗　　叶嘉莹　著

先生说诗之尤绝者，千载而下，但以空文想象，作者之神情已历历在目矣。此非深会文心者，何能如是耶！而不可学，不能传，诚天纵之才也。若言十九首，吾即不知为谁作，已觉其人真如晤对。言魏晋之际，诸人种种不得已处，恍在吾衷，久久不能释。言王无功，虽小家，亦能悉心体贴，至此等处，尝为废书而叹也。然说杜诗者，反于此有所未足焉。而先生固精熟杜诗者也。其少陵诗才旷绝，写出无不能达，本无待人为之抉发耶？

乙未年五月十二

叶嘉莹说中晚唐诗　　叶嘉莹　著

先生自言李杜之后，读诗亦如观海者难为水矣，故不甚欲讲之也。此讲中晚唐诗，殆课程之迫耶？唐诗而后，先生几不讲诗，但讲词矣。以此，先生之讲白乐天、韩退之也，虽人皆以大家视之，尽草草了结。独于义山详说之，盖先生所深喜者也。虽然，先生卓荦不群处，亦往往见之，不宜轻视也。吾意先生倘有所不得已，必使之详说盛唐以后诗，亦自能有所树立。惜哉！无能悬测也。

乙未年五月十二

好诗共欣赏

叶嘉莹 著

先生此讲录，仅后《唐宋词十七讲》之北宋词讲录一年，人、地未异，而精密实逊。无怪《唐宋词十七讲》之为名作也。盖先生既成《灵谿》诸论，讲授之际，得心应手。而先生于诗也，未能详为著述，仓促之际，遂致疏阔耳。著述之要，虽于先生，亦未能略也。

乙未年五月初三

叶嘉莹说诗讲稿

叶嘉莹 著

此皆先生就《论诗丛稿》所撰诸文之意而随时讲之者，惟讲陈宝琛《感春》诸作为仅见耳。盖先生旧未见陈氏全集，但从静安手迹见其《落花》二首，故著文论之。后见全集，乃并节取《感春》诸作而讲之也。犹记初侍先生，先生尝以蓝印之陈氏集相示，以为罕觏。今《沧趣楼诗文集》流行坊间，已非僻书矣。若有惮烦之读者，固可以此讲录为读《论诗丛稿》之捷径，而力学者置《丛稿》一部，则此亦可读可不读也。

乙未年五月初十

迦陵讲赋

叶嘉莹　著

诗古文辞最难讲者，擅辞采，不及玄质，故先生说词，罕言白石、迦陵，职是故也。赋之为体，最如是焉。此先生国文课之讲录，自东坡前后《赤壁赋》外，敷陈文义，无多发挥，与其他讲录不同，盖不得已也。然娓娓道来，潜移默化，不求深，而自能启人，斯教之极也。求深可辅以学力，教之极毋乃天赋欤？俗子见其不求深，遂相妄诋，犹可恕，甚乃不能见其深，亦相妄诋，则狂悖耳。

庚子正月初二

唐宋词十七讲

叶嘉莹　著

此先生名作也。其时《灵谿》诸论已成，西人之说亦节取之矣，故讲授之际，左右逢源，游刃有余也。录以成书，繁简差当，亦尚系统，由之窥先生之词学，门径固为易入也。故先生颇自珍之，殷殷欲其讲授声影之传也。惜南宋之部竟不能得矣。而瞽说之徒，厌《灵谿》之文体，翕然读此讲录，遂至风行。然余未敢必其真得先生之精义也。嗟夫，传其传，固佳；传非其传，传何为哉！徒得虚望，而先生岂需此耶？

乙未年三月二十五

南宋名家词讲录 　　叶嘉莹 著

先生不能得《唐宋词十七讲》南宋部之声影，后来重为摄录，此其时之讲录也。时余初叩先生，而先生讲授之际，乃道及余说，世人遂有知之者。先生讲《词之美感特质的形成与演进》，余即在讲席前，先生言美成词时有讽余者。讲《人间词话七讲》，开篇即以余为辞者。讽余者，以余为辞者，先生言在此而意在彼也，而恐世人不知，后来竟以笑余也。

乙未年三月二十五

清词选讲 　　叶嘉莹 著

先生论清词之作，但五篇耳，盖卧子、竹垞、纳兰、茗柯、静安也。此虽讲录，犹存舒章、梅村、迦陵、鹿潭及清季四家，固当珍视。然限乎讲授之制，自舒章外，率皆简要，不能若《唐宋词十七讲》之完备详尽，慰情聊胜无耳。先生自亦以为憾事者。北大版视三民版增多林邓中秋唱和一篇，余谓不若并《说词讲稿》"词与历史"一章悉入之也。而《清词丛论》中"云间词派""晚清史词"二篇，亦系讲录，例当并入此书。诚如是，先生清词之讲录备乎一册之中，而羽翼乎五篇专论矣。

乙未年三月二十二

迦陵说词讲稿 叶嘉莹 著

先生单篇讲录甚多，而重复不免，此经删存者。凡四章，第二章"词与历史"可并入《清代名家词选讲》，第一章"词与文化"、第三章"词与词学家"均先生写有文稿者，惟第四章"词与词人"最可贵也。盖先生所讲唐宋之词人，已附入其他系列讲录后，此所存者，讲顾随先生、石声汉先生之词及女词人，多他人未及者也。尤以讲石声汉先生者最佳，盖其人之作固自杰出也。女词人中以讲贺双卿者为详尽，盖其作之佳有不可以常理求之者也。先生有《从性别与文化谈女性词作美感特质之演进》之论文，仅写五节，才至明末耳。后先生专力写论汪精卫诗之作，遂废之。未知将来或能完成否也。此文与论汪精卫诗之作，尚未编入集中。附录二篇，亦先生所仅言者，颇可存也。

乙未年三月二十五

人间词话七讲 叶嘉莹 著

先生此书邀得是年之佳作，坊间一时名盛。然其为可悲欤！盖先生之述此也，年已八十有五，未暇更抉新意，其要胥旧日之常谈者。若论静安之"境界"说、温韦冯李词之潜能、词体美感之演进，熟读先生书者自能辨之。而其书出，天下翕然，是天下之未尝读书也。而天下之所以翕然者，亦恐书贾以射利心故张扬之也。以射利心诱之，以不读书者称之，佳作何为哉！余深为先生悲之。且书贾之得以张扬之也，以静安与先生之名耳。而静安，纂名者也，其书似深而浅。先生少日习之，故终其身奉之不改，而先生词学之所造，实在静安之上。其说静安之书，精彩者往往不能毕见，为之所累。故先生作之固无不可，谓之佳作则殊无谓也。

乙未年三月二十一

词之美感特质的形成与演进　　　　叶嘉莹　著

此题先生文中已津津言之，讲演略作敷衍耳。特怪讲至十二次，犹有促迫之嫌，反不及属文之从容。盖先生晚年讲演，颓唐散漫，未容讳言也。先生言演进者，所谓歌辞之词、诗化之词、赋化之词三期也。余于赋化之词，常所不解。彼赋者，固有安排布置之功，然多以铺排取势，不在照应生巧也。毛稚黄云："长调如娇女步春，旁去扶持，独行芳径，徙倚而前，一步一态，一态一变，虽有强力健足，无所用之。""强力健足"，赋可用也，以其可以铺排取势。而词之长调则不可，其必徙倚而前者，欲其照应生巧也。词长调之铺排，耆卿或有之，其弊先生固尝言之，而周姜未然也。先生言赋化之词，恐失斟酌。且于彼之特质，亦未能尽道之也。故但举美成、梦窗、碧山，而遗白石、玉田。玉田或可遗也，白石乌乎可？况于美成亦未真能道着其妙处耶？

或先生竟为静安蔽之耶? 此题后有作者, 其当于此处用力耶?

乙未年三月二十一

小词大雅：叶嘉莹说词的修养与境界

叶嘉莹　著

此以皋文、静安之说敷衍，亦先生所常言者也。先生固轻皋文而重静安者，而此讲于皋文稍重之，说其《水调歌头》三章，然终以为未及静安也。静安勇于自信者，故指斥皋文、介存，每好为大言。其实，识见之卓，静安未及二公也。静安云："固哉皋文之为词也。"盖皋文为说，诚不免比附之失，然其所见者实正大。静安知其一耳，不知自家识见仅叔本华氏之一偏，遽以讥之，适见其狭。陈亦峰云："规模虽隘，门墙自高。"中肯之言也。静安何足知之! 且皋文之失，介存固已纠之，不待静安也。介存识见亦正大，知温韦为正宗，后主特异端耳。静安乃云："词至李后主而眼界始大，感慨遂深，遂变伶工之词而为士大夫之词。周介存置诸温韦之下，可为颠倒黑白矣。"无知之狂吠耳。盖温韦虽伶工之词，见君子之性矣; 后主虽士大夫之词，犹有所蔽在。常州诸老俱能见之。以先生词学之卓，固能见及，而早为静安所蔽，竟未参破，惜哉!

乙未年五月十二

古典诗歌吟诵九讲

叶嘉莹　著

余从先生游，先生每以吟诵一事相训，而余性本放诞，反唇云："此传统文化之糟粕也。"先生言："以是知汝诗不能佳。"时余亦久废诗律，不为意。且所阅人中，能吟诵而诗不佳者有之，不能吟诵而诗佳者亦有之，益轻之也。近年中言吟诵者稍众，率附庸辈，余又非止轻之矣。及重读先生《论诗丛稿》新版中论吟诵之文，深服其情理两得，疑吟诵之为用或非浅也。然终觉其声呕哑嘲哳，不能入耳，恐知之尚易而行之实难矣。

乙未年五月十二

共和与经纶：熊十力论六经正韩辨正

刘小枫　著

熊公当清儒之兴，西学之渐，而道统又丧，群情竟失，不得已重张圣学，曲全当世，所以体虽正，用似诡。刘小枫利其诡也，羽翼其新说，诬熊公之甚，将无以过焉。小枫固学柏拉图者，其伪篇论圣王僭主之无别在俗人皆然，小枫岂不识耶？乃故涽熊公与韩子，其有深心欤？既利其诡，仍蔑其失，乃故为反辞，似颂似嘲。不若牟宗三直言熊公学不足之为坦荡也。小枫文好弄狡黠，熊公用流俗通行"封建"一语，必乱之与郡县相对之"封建"，先张其势，终解其歧，不知究欲何所为？

己亥九月初三

苏东坡新传

李一冰 著

唐代以下，记载甚备，故论史不复断断然于正邪矣。东坡之不遇，吕惠卿、章惇、曾布无论矣，荆公也，温公也，伊川也，忠肃也，安定也，孰为佞人，而皆不能合，是则正邪不必言也。是书回护东坡，固亦立传之体，然于诸人何尝不回护耶？故读之，惟疑其龃龉，非善体作者也。人自信其正，行事虽有所议，不顾可也。尚未免乎君子之言，遑论小人哉？读东坡事，益能识此理。

庚子八月廿二

废 都

贾平凹 著

某素不读当世之说部，此册偶然检归，尚恐为昔日之盗版也。以猎奇之心，草草翻阅，始叹贾氏真为鬼才。谐诡之际，偏益苍茫；淫乐之余，倏成死寂。意或鄙也，饰以雅玩而不能掩，夸以俗谈又不能合，郁勃之情，莽荡之态，宛然弃今古而独行，谢天地以自乐。言乎经国，或不须此一也；论乎不朽，亦何必有二耶？爰缀数语于书尾，聊为轻心之惩耳。

丁酉四月廿五

庄之蝶之钟唐宛儿可恕，之乱阿灿可恕，之挑汪希眠妇可恕，惟陷柳月不可恕；之负牛月清可恕，而夺龚靖元不可恕。噫，谁谓诲淫耶？

甲辰五月廿一

历　史

古希腊　希罗多德　著

言风俗与政教之际，班孟坚不及张平子弘通也。平子之言曰："夫人在阳时则舒，在阴时则惨，此牵乎天者也。处沃土则逸，处瘠土则劳，此系乎地者也。惨则鲜于欢，劳则褊于惠，能违之者寡矣。小必有之，大亦宜然。故帝者因天地以致化，兆人承上教以成俗，化俗之本，有与推移。何以核诸？秦据雍而强，周即豫而弱，高祖都西而泰，光武处东而约，政之兴衰，恒由此作。"此亦可言波斯与希腊。读希罗多德之书，波斯君王多见黯达，而希腊执政每事诈伪，盖逸劳不同，惠之广褊从而不同也。虽然，皆未达德性之一间。波斯因风俗，本心未免乎放；希腊尚智勇，自由或陷于暴。不有德为之主，善不能保其不成恶也。读其书，于苏格拉底深致意焉。身死不恤，求心之所同、德之不易者，时之义大矣哉！

戊戌正月初三

伯罗奔尼撒战争史　　　　古希腊　修昔底德　著

是书读之廿载前，西西里覆师之惊心动魄恍在眼前也。今日重读，殊未若希罗多德之书。盖希腊人尚智勇，持之稍过，权谋兴焉。未若波斯诸族，朴厚之余，德行犹尚。而修昔底德之书但言希腊也。读其书，知智术之行，非违时者。引其绪，则马基雅维利、霍布斯之学也。幸苏格拉底横亘其间，希腊之学有以卓立。然杀身以成之，柏拉图托空言以传之，谁谓希腊学术以自由兴耶？抑于独夫，与抑于群氓，孰愈？

戊戌三月廿一

希腊史　　　　古希腊　色诺芬　著

其书续修昔底德作也，而颇祖斯巴达，殆由作者与阿格西劳斯之私谊欤？颇讶伯罗奔尼撒战后，一时名将辈出，势皆相持，雅典不亡，斯巴达不兴，天之赋才何尝吝也！世皆以雅典之败为可嗟，不知败而复振，其间所酝酿者，盛时所未能也。今雅典学术之鼎盛者，胥此时。言武功，斯巴达未尽出雅典上，言文治，瞠乎其后矣。色诺芬或于师说不能辨，鄙民政，恶奢侈，乃归心异邦。吾不欲责其叛，而颇惜其不智也。

戊戌四月廿八

长征记

古希腊 色诺芬 著

色诺芬与万人之伍，从小居鲁士战而乞利。小居鲁士败死，万人历险巇，冒兵矢，迤逦于波斯之疆土，行岁余而归焉。其伍，皆一时英杰也，而不免贪残诈伪。色诺芬尝为之帅，固识君人之不易也。卷五喻诸父母之于子，医之于病夫，舵手之于舟子，与《王制》所言尤近。或皆闻诸苏格拉底耶？虽未及柏拉图运思之超绝，而实统兵卒，要亦非玄谈之疏阔者。昔之功业俱泯，立言徒在，后来者尚能识其精粗耶？读斯书，废而叹焉。

戊戌五月初六

回忆苏格拉底

古希腊 色诺芬 著

言哲学者，殊少言色诺芬，非偶然也。苏格拉底于道德之超越性最有所会，柏拉图得其精，而当天人之际，未免失当。苏格拉底无所作，吾人亦无能辨与柏拉图之同异。色诺芬精粗莫识，浑噩言之，固不足论也。然具眼者听其言，思其义，复与柏拉图相参，蒙者发之，误者正之，苏格拉底之说宛然可辨，所以不可废也。微者实微，非有大义隐焉，而善读者发抉之，正不当以隐微标榜尔。

戊戌十一月廿六

居鲁士的教育

色诺芬　色诺芬　著

色诺芬与柏拉图绝异，然亦不妨同也，惟其绝异，其同者尤足贵。盖其同，必皆出苏格拉底。苏格拉底之学无闻，藉其同，得有窥焉。请言《王道》。民不足赖，民得预政焉，道已败，必系之一人。有圣王，有独夫，其间绝悬殊。民预政之败道，犹不及独夫，而惟圣王得全道。此柏拉图言也。然不闻道，不足辨圣王与独夫，故柏拉图伪篇之言希普帕尔库斯，圣王也，史以独夫目之，其篇具微言也。而色诺芬之述居鲁士，有似焉。则圣王之说，必色诺芬与柏拉图皆闻诸苏格拉底，两人说虽绝异，不妨同也。

庚子正月廿四

经济论·雅典的收入

古希腊　色诺芬　著

《家政》中苏格拉底但以雠论启人之疑耳，其详皆伊斯霍玛霍斯言之。苏格拉底曰：吾无产，故无所告。此非谦辞也。盖既云德即知，家政有出德之外者，色诺芬固知非所堪也。或即假伊斯霍玛霍斯发之，为其实具治理之才。发之条缕甚明，思理亦辨，转类亚里斯多德，而复不背苏格拉底旨，色诺芬当行处也。惟斯学在发轫之初，彼不能领袖一时，为可惜尔。

戊戌十二月初一

会 饮

古希腊 色诺芬 著

色诺芬《会饮》，主旨不异柏拉图，盖俱言灵求之超绝于肉欲也。借会饮发之，柏拉图组织之工，必非色诺芬叙述能及。且又不止此，柏拉图近乎识"美，德之征"，而色诺芬茫如也。维兰德辈不识柏拉图之超卓，妄臆丑诋，遂进色诺芬，可笑人也。而施特劳斯派汲汲道之，何也？

己亥十二月初五

希耶罗

古希腊 色诺芬 著

色诺芬《希耶罗》言独夫之苦，即柏拉图《王道》言不义者之灾也。足征苏格拉底言皆为诸弟子笔录之，但各有裁剪，遂若歧出。倘能比观潜索，惟色诺芬之鲁也，适见柏拉图之进。施特劳斯虽见不及此，独能阐其幽微，惟柏拉图未详言也，故得节取之。

己亥十二月初五

游叙弗伦

古希腊　柏拉图　著

苏格拉底变乱雅典神道，此篇言其理，盖潜易神学道德为道德神学也。此篇置九卷集之首，编者无识可知。道德神学，必继德性后，何得以其叙审判事，遂置其首耶? 苏格拉底申辩二事，变乱神道，其一也。柏拉图著此篇，似不刻意辩此，殆人死稍久，毋须强说。而其新说亦渐显明，至《斐多》则全出自家面目矣。

癸卯三月十四

苏格拉底的申辩

古希腊　柏拉图　著

予读此篇中译不下十种，皆但能达意耳，求媲美原书者，无有也，盖白话之卑如是。此篇可作苏格拉底哲学纲要看，虽然，柏拉图不必如是用意，正赖我辈善读焉。予讲之四五过，久拟作一书发之，长编已初具，疏懒不能成编。得绝句十二首，存之《泰西哲人杂咏》中，其梗概耳。

癸卯闰二月十八日

克力同章句

古希腊　柏拉图　著

克里同之说苏格拉底也，皆动以利，特亲者之利非仇者之利耳。《王道》益友损敌之说，具见此当下之事中。《克里同》篇，皆以当下之事见超越之理，始述苏格拉底临死无忧，高枕酣眠，亦若是也。然益友损敌，必党，终至乎义出强党之利焉。遂以律法破利，律法者，义之所贯也。《王道》全卷之旨，已发于此。而于《王道》之誉毁，亦得移于此。

癸卯三月初四

会　饮

古希腊　柏拉图　著

《会饮》之言情欲，思美之为用也。言者七人，实为三统。斐德若言情欲之近德，鲍萨尼阿言天人之二属，皆人所恒见，为之发微抉隐耳。厄里克绪马霍之论雠对，灭神也，阿里斯托芬之述源初，殉欲也，阿伽通之肆藻彩，乱常也，皆道术既裂，异端竞作。苏格拉底以情欲为贵、贱野合而生，处乏而慕盈，盖寓言也，言其自闻见界而企智界也，康德以美为善之征，先发于此。阿尔喀比亚德之终而奏雅，见善之非虚悬也。恒且时，费而隐，攻异卫道，所以为正大，非穿凿射覆辈能知者也。

戊戌九月十八

斐德若

古希腊　柏拉图　著

《斐德若》以修辞术与雠论术相对待，言修辞术不依雠论术，必失所用。雠论术以一通观、一分观各言之：通观所求者，通名也，其名不离实；分观所显者理型也，其型不即实。顾柏拉图未能明白别之，理型超越之义未尽显也，至康德始显之。藉爱欲之辞为言，尚有二事可言。其一智者拨弄矛盾之辞，至此始明雠对之辞。盖同一反对也，或判真伪，或兼真伪。当爱欲之兼真伪也，眩惑、观照判矣。其一《会饮》言美当通善之津梁，至此言之尤备。盖云灵先游天界而睹理型，复得因钟情而企及之，较诸匮乏、丰盈野合之说为加密也。

戊戌十一月十六

斐　多

古希腊　柏拉图　著

《斐多》固柏拉图名篇也，或折心于视死之勇德，或致思于理型之根柢。虽然，有以广吾学，不足发吾知。何者？徒神不灭论耳。四正论，一、以哲人不耽食色征所学固存乎神；二、以物之反者相生征生死亦相生；三、以知从忆得征魂不灭；四、以身为合和之物，必当离散，神本纯一之质，终无消解，征神于身死恒不灭。二驳论，一、以弦制声、神制身驳身死神灭当如弦断声绝；二、以生既以神，恒生无死，神亦不灭，驳神或灭于最末之身。

皆谬绎与戏论也。惟先理后欲，诚无所悖;明行冥判，居然合义。亦不足振起全书，虽不读之，无憾也。

戊戌十二月初一

尼各马可伦理学　　　　古希腊　亚里斯多德　著

其人其书，令闻远扬，然实无道着处也。盖康德云，吾人之言德也，必别见闻与义理，不则为俗学也。亚里斯多德之不能别此，略似朱子，俗学云乎哉?吾不敢违众而言若此，然吾敢言，起康德于地下，必有是言也。其缕述诸德，最见象山所云"支离"，似详而寡要。尤以"中道"之说，最悖至理，盖左右衡量，必邻于机心也。与中庸之论，绝无同处。不知后人既读柏拉图，何事用此?

己亥三月十九

埃斯库罗斯悲剧集　　　　古希腊　埃斯库罗斯　著

古希腊之正剧，初皆用远古事，非滑稽调笑当世者比也。去世愈远，其辞愈典，而法在其中矣。一若吾国文言。故亚里斯多德《诗学》多论法则，识此意也。埃斯库罗斯法已精，未转而求理之深，若索福克勒斯也。虽然，其才往往出法外，若述普罗米修斯，哀荦确者上下无与，悲凉入骨，而《阿伽门农王》之雏母，则类于《安提戈涅》矣。惟其无刻意求理之深，其韵荡荡然长之，索福克勒斯以下所不及也。

庚子二月二十

索福克勒斯悲剧集　　　古希腊　索福克勒斯　著

索福克勒斯正剧亦存七本，《俄狄浦斯王》《安提戈涅》最著，皆得哲人征引，故以为尤近思辨也。然黑格尔之说固嫌迂曲，弗洛依德之说则直为谰语。盖俄狄浦斯王系必有丑德，臣民不能议，睹其迹，诿之命，此正不得已耳。索福克勒斯乃极其思于命，固玄而不实，惟刻意以乱之。故读其剧，为其思力所惑，恍若有物，掩卷之际而失其所有，其意也，其韵也，转在茫茫间。往往最惑人处，实最空无处，惟其空无，赚哲人之附会矣。予最喜《菲罗克忒忒斯》，其激也，实过《安提戈涅》，其远也，将及雨果之《九三年》焉。

庚子三月初二

欧里庇得斯悲剧集　　古希腊　欧里庇得斯　著

欧里庇得斯剧传世独多,至十八本,尚有《瑞索斯》一本疑莫能定,而张竹明译本有之。皆视之若哲人，盖与安那克萨哥拉、普罗塔戈拉、苏格拉底相纠葛，又言剧中常发哲人之论。今读其剧，殊不若埃斯库罗斯、索福克勒斯之易生玄思，亦不识其玄谈究何所益。所异于二人者，反退彼玄思，而感入见闻之际。故其所搬演，皆极惨烈事，特洛伊破城至再三述之。德人眩惑之讥，殆无能免欤？亦其传世独多故欤？虽然，饥劳则歌，相从而怨，固文学之基，经学家所不能讳者。

庚子五月十九

阿里斯托芬喜剧集　　古希腊　阿里斯托芬　著

古希腊悲剧之名作，意虽新，用事必典，措辞必雅，其体殆与吾国诗古文辞类。喜剧则多近事俚词，若说部话本然。徒为时而作，不得为名作，喜剧之传也不广，岂无故邪？然不假典雅，独能赢人，喜剧虽不必以学，要需才之绝伦也。世岂有阿里斯托芬辈人，不足言学，而才独矫矫，俗子遂目为先进欤？非阿里斯托芬辈之不才也，以俚近为先进，几何不颠倒哉！视阿里斯托芬，尚未足知所祈向耶？

庚子七月初一

道德形上学之基础　　　德　康　德　著

言德，苏格拉底自定义之权始，柏拉图自理型始，然实相表里。康德自超越自由始，若柏拉图焉，而实不同。盖其相表里者，《纯理论衡》也。先之以《纯理论衡》，言智无超越之用，复以此书言德必超越之用，皆旷世之说，人多莫解焉。其实解之也易，无超越之用，则利欲之用。智在利欲，老子所常言，西人进之求诸征验焉。德之超越，孟子之良知也，固一心之妙用焉。智德遂相雠，亦义利之辨耳。惟康德直言德之超越，若独断焉，实亦与苏格拉底相表里，与柏拉图不同而同。或康德不欲言前人所言，故阙如耶？知此，然后知《纯理论衡》必先之以论衡，智之易僭越也，《行理论衡》可后之以论衡，已见德之超越安用乎智之暗昧哉？此《基础》所以在两《论衡》间也。

庚子正月初四

全部知识学的基础　　　德　费希特　著

费希特曰："吾为康德之学所动，而尤在其论德者。"及读是书，全非康德之面目。盖必令纯思与践履无绝，物自身遂不复存，而雠术起矣。以雠术通两域，虽所欲言者悉同，所言者已陷乎勾稽苛缴。面目既非，推移有渐，自谢林迄黑格尔，行行而远，超绝尽为雠术也。德人之学，前后同趋，康德横亘其中，孑然孤立。不识之尚不足惜，不识之而重其位诚足惜也。使后来之背之也，人无能见，而黑格尔为巨擘矣。一叔本华汲汲言其学之欺人，谁听之耶？读费希特此书，为之三嗟。

己亥正月廿八

先验唯心论体系 德 谢 林 著

论知性之为平地起土堆也，德性之不得征也，法律之画也，历史之必进于天下也，谢林皆不殊康德。惟袭费希特，必欲去物自身，遂与康德异。乃因自我一念，辗转演绎，虽巧于思，终蔽于术。而貌诡心同，翻于曲折中申康德，弥觉其饶姿态。复于辗转演绎间，引黑格尔雠术之绪，谢林亦才士矣。顾克就现量直寻，发自我之一念，藉美以全之，既异康德之津逮，而以"中夜牛俱黑"见嘲于黑格尔也。虽彼是是非，或容两存，理事离合，见期一致，要须具眼辨之尔。

己亥正月十八

前苏格拉底哲学家·原文精选的批评史

英 基尔克

拉 文

斯科菲尔德 著

书名一时，而所辑佚篇既不备，所论又胥为经院之谈，噫，学术之不振有以哉！康德未尝颛论前修，一二语间时有及之，每觉餍心切理。彼书琐琐征述，即之愈近转有去之愈远之恨，学之无益识可知矣。所云前者，恐非但论时代，或以诸哲皆言自然也，故略智者不述。然诸哲所遗佚篇中固多言人事者，其书亦未能尽发其微。是苏格拉底之学，罔得考征之详矣。

丁酉十月二十

茶花女

法 小仲马 著

大抵仲马父子，面目虽异，手眼全同。俱能就眩惑之事，稍事点窜，以成辉煌。所异者，父以游侠，子以倡优耳。故基督山也，茶花女也，俗耳之所乐闻者，一使之尽去私念而全公义，顽艳俱感，竟成名著。然犹恐但为德行之伤感，非能廉顽起懦也。视巴尔扎克述皮罗多之盛衰，其点窜之功，瞠乎其后矣。

甲午七月廿六

巴黎茶花女遗事

法 小仲马 著
林 纾
王寿昌 译

《茶花女》之书，余十数年前惟读一过，即此林译之本也。其书以琴南之笔写之，恍然唐人之说部，小玉、李娃居然重见矣。而仲马之文心，较唐人尤密，于昵昵儿女之态，纤毫必达。唐人说部之大成，不意于斯见矣。更于哀感惑人、文字冶容之外，益以杀身、舍生之大义，又所以自拔于唐人也。严几道曰"可怜一卷茶花女"，虽不必为真赏，要亦纪实之语也。此不难解耳。特当时读之，意每有不达，以为琴南之古奥也。今以他本相较，知为琴南之滞辞尔。如开篇云："凡成一书，必详审本人性情，描画始肖；犹之欲成一国之书，必先习其国语也。今余所记书中人之事，为时未久，特先以笔墨渲染，使人人均悉事系纪实。"不晓前后有何关联。而实佚去一句："然云未及著书之年，但记其事耳。"则前后一贯矣。似此者全书尚多，乃亦时时歧为妙句，可为击节，未便以讹误易之。如原文之"妇人可给而不可辱"，琴南出之以"大凡妇人性质绝抗，给之以非理则甘，折之以大义则拂"，尤堪玩味。凡此或为王寿昌所误，未可知也。

　　　　　　　　　　　　　　　　　　　甲午七月廿六

双雄义死录

法　预　勾　著
林　纾
毛文钟　译

予初读雨果《巴黎圣母院》，诧其说部之才一劣至此，以为徒虚名耳。及读《悲惨世界》，始服其高迥。而不谓《九三年》，写有对之德与无对之德之歧出乃臻绝境，复置诸党争之烈、门第之疑间，纷然之世以相激，嚣然之口以相乱，若光透棱镜，炫为七彩，神乎其技矣。虽然，矜夸其文字，历述其国史，以为迻译必将无所措手也。琴南译此，已至老手颓唐之日，因陋就简，不足企原作，固无疑也。然其裁剪之余，要皆不易迻译者，亦无疑也。取白话译文读之，琴南所阙，正彼之费辞，不知译何为者？于是雨果文之胜质，见诸迻译中矣。

壬寅正月二十

大卫·科波菲尔

英　狄更斯　著

是书犹存古道，以彰报应，故恶人胥逢其所遭，惟继父不与焉。作者其有深意欤？盖女子丧夫，再醮，罕有善遇，或及其身，或及先夫所出者，皆无可奈何也。此固说部中所常谈，而西人无能决。因思宋代以降，责妇人之守节，亦家族善计也。虽灭人性，所存者实多。权其害，正不知孰为烈者。一事行数百年而不替，必有其理存焉。不能周至，人性有以致之，勿轻谓法之不善也。

辛丑九月十二

双城记

英　狄更斯　著

予初不知《九三年》，颇为《双城记》所动，及读《九三年》，知狄更斯之俗也。问：俗安在？曰：在卡顿、德法日女人之死。《九三年》之不俗，在郭文、西穆尔登之死。盖二书有同者，阶级之雠对也。然《双城记》惟此之主，祸胎于人性之恶，故必使德法日女人死，而不能绝望于人性，又必使卡顿死。其拙也如是。《九三年》以此相乱，逾显有对之德与无对之德歧出，祸遂无可回避，于是即郭文、西穆尔登之死见人性之伟，于是焉人间不虚矣。二书相去乃不可以道里计。

壬寅正月廿四

远大前程

英　狄更斯　著

廿五年前习英文，即用此书，诧为杰作，而狄氏他书皆不以为佳。心故轻狄氏，再未一流观也。近取琴南翁译狄氏五种读之，稍喜《块肉余生述》，而以《冰雪姻缘》为最胜。乃再观《双城记》，仍觉平平耳，再观是书，仍诧为杰作也。因叹廿五年中，殊无长进。义之所在，富贵不能夺，虚荣不能蔽，即狠戾亦不能攘，写至此境，英人中所罕也。感激处，笔墨俱泯，虽狄氏之滑稽亦一齐掩去，殆有神工欤？惜译笔不足匹原作，予踟蹰欲译，畏缩至于再三，转恨琴南翁不之译也。

壬寅二月初五

王尔德喜剧

英　王尔德　著
　光　中　译

余光中言，王尔德之戏本，非杰构，隽品也。予年二十五，得余光中译本，几于爱不忍释。今读之，隽固隽矣，殊乏立意，甚乃不顾矣。惟其趣耳，不过隽才之流宕，实未足语乎著作也。然王尔德当世纪之末，蔑德行，耽逸乐，而终不近俗，故知其滑稽必自悲慨出，亦叔本华之流亚。其自放也，将无同乎王静安之自沉耶？识者必知之。余光中译文，精矣，而较之原作，斧凿亦太甚矣。虽然，在白话中固不失为巨手。

壬寅二月廿八

天真的歌

余光中　编译

余氏此译，不及后来所译，亦不及其自作者。殆译时尚少，虽经修订，仍未浑成欤？抑矻矻译介，未若偶然兴会欤？抑西人新声，固与中文龃龉欤？予不能解，书此以俟知者。

庚子七月初一

什么算是一首好诗：诗歌鉴赏指南

德　格尔费特　著

诗非道。其在屎溺中也，屎溺变，道不变，而诗变矣。今言诗，变其屎溺，则不可言也。

庚子六月初一

声音中的另一种语言

法　博纳富瓦　著

译守硁硁之信，而译死矣，博纳富瓦所以言泛译也。盖辞之用也翕，诗之运辞也辟，惟辞之信，辟复为翕矣。欲辟之不复为翕，必易其信，惟不信斯得诗之运辞也。其得，谓之泛译，而浅人所不能识也。法人文辞，久具雅度，故博纳富瓦得识此意。辞之雅，辟也易，近鄙者恒翕。吾国严、林，早能悟入，其译殊合泛译，其辞尤精。而白话近鄙，浅人习之，转笑严、林，吾国之译学衰矣。读法人书，宁不愧耶？

庚子八月廿四

鲁达基诗集

波斯　鲁达基　著

驼庵先生论冯、晏、欧阳之词，曰："无问其沉著也，明快也，热烈也，皆不免伤感。盖中国诗人传统弱点也。"予谓鲁达基之诗，无问其昂扬也，哀伤也，淫鄙也，皆出乎乐观。盖波斯诗人固有之性情也。一以乐观遇，敷其彩，广其喻，无不成诗矣。鲁达基时尚早，声色未及开，惟其乐观，已足摇荡。

己亥正月初五

列王纪全集

波斯　菲尔多西　著

《王书》波斯之重典也。凡六万联，歌咏四千六百余年之事，中西篇什，无此之宏富也。菲尔多西生当北宋之初，而其诗宋人不能为。盖以诗叙事，即人名一项，吾国诗人无所措手矣。故菲尔多西资诗为书，而宋人资书为诗也。资诗为书，诗弥近俗，资书为诗，诗愈远人。其中消息，关乎吾国近世文章之变局，宜用心焉。

己亥四月十六

鲁拜集　　波斯　海亚姆　著

菲兹杰拉德序文非尼古拉斯以奥玛为苏菲，实无定论也。盖今传鲁拜，虽隶奥玛名下，不能必其出奥玛也。人各异见，无辨焉，均执所利者，遂各异辞矣。此本多至五百五十四章，尤见其异，然异或亦出一手者。智必疑信，始而惑，继而放，终而背，所以异也。发而为诗，历见其思，性情不觉为之摇荡，此奥玛之佳也。菲兹杰拉德无与焉。菲译之佳，合西人之颣与东人之幻，别成异彩也。然拟作一滥，转失其趣，读此本者，贵在所择尔。

己亥八月十六

雷莉与马杰农　　波斯　内扎米　著

此波斯名作，而为歌德所称道者也。事殊简，类《宣室志》记梁祝事，波斯诗人反复咏叹，至于数千联，匪夷所思矣。译文质直，无复似诗，读之徒得其事耳。事又不经，人亦固疑梁祝为钟情辈耶为痴愚子耶，乃谓之破礼教擅自由，徒瞽说也。譬《牡丹亭》，不谙若士辞采之佳，徒说其事，亦谓之破礼教擅自由，我知此必买椟还珠人。而歌德何为赏之，若非迻译之佳，必炫其高名焉。

己亥四月廿二

内扎米诗选 波斯　内扎米　著

内扎米诗多艳科，夸语易竭，必求技胜。惜由译本为难知也，而况兹译之无技乎？略可言者，举其三。一，巧为结构。《七妃》言巴赫拉姆王有七城，而每城异彩，城居一妃，妃为说一传奇。其事皆自妃口言之，以为结构也。中东诗人例多此种，《天方夜谭》其尤著者。二，巧为设置。《霍斯鲁与希琳》述霍斯鲁王与法尔哈德之对语，回环不绝，妙出意外。设置之巧，几成独擅。三，巧为譬喻。《秘藏》叙老者诋王以暴，王欲杀之，老者曰：我言其实，如鉴焉，不闻貌寝，乃碎其鉴。虽若拙，实有其韵，故连篇累牍皆是也。吾国诗虽莫得直效，要在善取资者尔。

己亥四月廿四

春 园

波斯　贾　米　著

已读《蔷薇园》，读此，殊无兴致矣。贾米非庸才也，然庸才读之，必以为庸才。何者？尝试言之。吾人读李杜，知其佳，读黄陈，不知其佳也。黄陈非庸才也，知其佳，必求之思力。思力待学，庸才所以不办也。庸才知李杜佳，亦似是耳，非真知也。不能自反，便以黄陈为庸才，何疑乎？故予常哀庸才之庸黄陈，不仅为黄陈哀，亦兼为李杜哀也。予不识波斯文，读贾米，毋乃若庸才之读黄陈耶？不暇为贾米哀，徒自哀也。

庚子正月初一

玛斯纳维全集

波斯　鲁　米　著

鲁米名震诗域，《玛斯纳维》两译之，知所重矣。予不识波斯语，读之不能得其趣。或鲁米用思深，铸语精，其深也，未遑骤窥其意，其精也，不得遽译其质。故读《列王纪》尚喜其叙事，读《玛斯纳维》则滞涩于玄思。西人论"百川东到海，何时复西归"，曰：些些道理，何用他言？此铸语之质，彼不能会也。些些道理尚若是，何论乎鲁米之玄思耶？予素学语不能工，更无暇学波斯语也，殆终将对佳作而唤奈何耶？嗟嗟。

庚子正月初一

蔷薇园

波斯　萨　迪　著

波斯诗人叙史言情，皆极铺张，盖诗才之博也。虽然，不足异也。而萨迪教化论说，一寓于诗，且反复申明，往还取譬，虽读译文，犹不觉厌，斯最可异也。盖萨迪会心伊教，自识真性，费隐之间，颇得其平。肆口而发，居然直造言志之大端，康节不足媲也。如谙原文，此志也，辅以诗艺之嘉，无乃有尽善尽美之叹欤？真不可测矣。

己亥四月廿九

果　园

波斯　萨　迪　著

曩译《鲁拜集》菲兹杰拉德序文，云有言莪默之醇酒妇人皆祷神之寓言者，时殊不能解。及读萨迪，始解之也。盖崇教之世，禁锢人情，而意或不可言，必假人情言之。酒色，其最系人情之哀乐者欤？虽然，萨迪可以寓言言，莪默正不可耳。盖莪默抒其决绝之语，直遁乎醇酒妇人间，由愤懑反激之也。魏公子之遁，与莪默同，特彼愤身之不能逞，此愤世之不尚直也。萨迪出以温厚，固不同矣。归愚所论，每恨不可遇，今乃遇之萨迪诗中，固知心有所同焉。

己亥五月初八

哈菲兹抒情诗全集 波斯 哈菲兹 著

哈菲兹惊才绝艳，无菲尔多西、鲁米之恢弘，亦无萨迪之教化，居然同列，可知矣。其诗颇近海亚姆，非谓其述醇酒妇人也，谓其造语取譬也。然此则热衷，彼则超远。而在伊教，必均骇视。夫人之情，终惑于美，虽入教门，有窃慕焉。遂托醇酒妇人为入道之喻，游心其间，竟不知化耶讳耶？此在海亚姆，或为后来附会，在哈菲兹，必自家之强言也。昔人有曰：史言萧梁父子好文章而远声色，今读其文章，安在其远声色耶？予于哈菲兹之诗亦云。

己亥五月廿八

一千零一夜

予年二十，颇读西人说部，纳训译本即当时读过者。二十年后，又读李唯中译本。是书天方瑰奇之彩外，尤长于传奇，似绝无理存。非不说理也，然皆甚高论，不近人。惟大食极盛之世，人不知安危，纵浪浮华，积久无正。不平乃借传奇发之，又不欲以正，遂夸诡遇以虚足其私。世之盛，略少顾忌，故其夸也不失烂漫，其虚也仍见块垒，潜移人情，有不知所以手之舞之者。阿拉丁之神灯，辗转为安徒生之火匣，一传再传而不厌，可知矣。

庚子正月十四

钟　锦

从叶嘉莹教授学诗，现为华东师范大学哲学系副教授，从事西方哲学、中国古典文学及中西文化比较研究。著有《词学抉微》《康德辩证法新释》《长阿含经漫笔》，译有《波斯短歌行》《恶之华》《杜伊诺十歌》。

封面题签
—
李　欣

人间随读·第Ⅰ间——生活的纬度（全五册）

《我的老师》 ｜ 辛德勇 著
《过往不全是历史》 ｜ 古 冈 著
《维德插图柔巴依集》｜［波斯］欧玛尔·海亚姆 原著
　　　　　　　　　　［英］爱德华·菲茨杰拉德 英译
　　　　　　　　　　［美］伊莱休·维德 插图
　　　　　　　　　　　　钟 锦 汪 莹 译

《我瞻室读书记》｜ 钟 锦 著
《生活的纬度》 ｜ 赵 辉 方小萍 周晓佳 著

图书在版编目（CIP）数据

人间随读. 第 I 间，生活的纬度 / 辛德勇等著.

上海 ： 上海文化出版社，2025. 8. -- ISBN 978-7-5535-

3254-7

Ⅰ．I217.1

中国国家版本馆 CIP 数据核字第 2025U948V6 号